新潮文庫

恋文・私の叔父さん

連城三紀彦著

新潮社版

9427

目次

恋文・私の叔父さん

恋文

一

「なんなの？　いやよ、また玩具《おもちゃ》買うのは。もう箱いっぱいじゃないの。違うって、じゃあなんなのよ。今忙しいのよ、何してても怒らないけど、あんまり滅茶《めちゃ》はしないでよ」

受話器をおいて、一気に声を吐きだしたぶんふうっと大きく息を吸いこんだ郷子《きょうこ》の顔を、会議室から戻《もど》ってきたばかりの編集長の岡村はにやにや見ながら、

「子供と喋《しゃべ》ってると君も母親らしい顔になるんだねえ。作家の中にゃちょっと薹《とう》のたったお嬢さんぐらいにしか思ってないのもいるけど」

とからかった。その言葉を編集部に移ってきてまだ半年の石野が受けて、

「いや、竹原さんは母親ですよ。僕《ぼく》に注意する時なんか子供相手と同じですからね。優《すぐる》くんだったかな、きっと教育ママだって怖がってますよ」

微笑を編集長から石野へと移し、その唇《くちびる》が鉛筆の芯《しん》を舐《な》めているのを見つけると郷子は「ほらまた――」鉛筆なめんの止《や》めなさいって何回言ったらわかるのよ、喉《のど》に押

しあがってきた言葉を慌《あわ》てて飲みこんだ。

石野の言う通りだった。気づかぬうちにこの頃《ごろ》では歳下《としした》の男への態度が子供相手の母親同然になっている。

優はこの春休みが終われば小学校四年生になる。この婦人雑誌社に勤めだした翌年に現在の夫と結婚し、すぐに出来た子供だが、幼稚園にあがるまではその頃まだ東京にいた母に世話をさせ、母が兄夫婦の転勤とともに札幌《さっぽろ》に行ってしまった後は「いい？　優、あんたももうすぐ小学校だからわかってくれると思うけど、お母さんはあんたとお父さんと三人で、こんな狭いアパートじゃなく、庭がある海の見える大きな家に住みたいの。そのために普通のお母さんが遊んでる時間も仕事してるんだからね。その家はお母さんたちが死んだら優ひとりのものになるのよ」もっと広い家に住みたいという言葉に嘘《うそ》はなかったけれど、半分はただ、今の仕事が面白《おもしろ》くてやめられなくなったのを、そんな恩着せがましい言葉でごまかし、今日まで鍵《かぎ》っ子暮しをさせてきた。

じゅうぶん面倒をみられないことの弁解に、子供も一人格であり自由を尊重しなければならないと、担当の女性評論家が吐く意見を、そのまま子育ての信条として受け売りしてきたのだが、普通の母親のように、子供を飼い猫《ねこ》と同じにあれこれ世話をし喧騒《うるさ》い注意や叱言《こごと》で包みこんでしまう癖は自然に身についてしまうものである。もっとも歳下の男を相手にするとき変に母親めいた口調になってしまうのは、優だけのせいではなかった。

「会社まで電話してくるというのは、子供もやはり淋《さび》しいんだよ。どう、こんど公休まとめてとって旅行にでもつれてってやったら」

「ええ」

郷子は曖昧《あいまい》に微笑して、校正の仕事に戻った。

まさか今の電話が夫の将一《しょういち》からだとは言えなかった。三十四になる男が、それも中学校で美術を教え、一応は皆から先生と呼ばれている男が玩具を買いすぎて困るとは口にしづらい。レールつきの列車や何とかマン、機関銃などを、もちろん最初は優のために買ってきていたのだが、いつの間にか自分が毒されて、「子供ん時は玩具なんか手にしたこともなかったけど、やっぱ面白いもんだなあ」最近は優も顕微鏡なんかに興味を示して相手にしないのを「おっ、これサイレンも鳴る」と一人で楽しんだりしている。

将一は郷子より一歳歳下であった。童顔の将一は郷子がまだ青春の名残りにきらめいていた結婚当時でさえ二つか三つは離れた弟のように見え、郷子も姉さん女房を気どり、むしろ得意に思っていたりもしたが、年々歳の差は広がっていくように思える。

子供が大きくなるにつれ、普通なら父親として男として出来あがっていくのだろうが、男として成長しなければならない分を優の成長に奪いとられているように、郷子のなかで将一という男は変に幼なくなっていく。最近は、鍵っ子暮しで妙にしっかりしてしまった優が「お父さんは字が下手だね。それで本当に学校の先生やってるの」生意気な口を叩《たた》くのを将一が何の言葉も返さずシュンとなって聞いていたりする、父と子の逆転している光景に、郷子の方が慌てて、「お父さんは絵を教えているからいいの。お父さんの字は絵のようなもんよ、芸術的なのよ」父親の威厳を自分の口で代わりに説かねばならなかった。

将一は郷子が忙しいからといって優の面倒をみてくれるわけでもなく、むしろ放《ほう》っておけば何日も風呂《ふろ》にも入らず歯もみがかず、あれこれと世話を焼かせた。優も成長し、自分も仕事のキャリアを積み少しずつ大きくなっていくのに、生活の中で将一ひとりが昔と同じ童顔のままでいるのを見ると、時にはやはり頼りなく思われ、結婚を決めた時、母に渋い顔で「男が一つ歳下ってことは十も二十も歳下ってことだよ」と言われた言葉が最近になって実感としてわかる。

結婚して十年、満帆《まんぱん》といえないまでも順調にやってきたとは思うが、小さな波風はしょっちゅうで、それも考えてみると、優に困らされたことは一度もなく、いつも突拍子もないことを言いだして郷子を動揺させるのは夫の将一だった。いまの電話でも突然、

「俺《おれ》、悪いことするかもしれないから、先に謝っておく」

言って何をするとも言わずに、ただ「ごめん」とだけ三回続けざまに口にした。

いったい何をするつもりなんだろう――

冗談めかした声だったとはいえ、わざわざ電話をかけてきたのが気にかかったが、

「七時までに入稿できるかな」編集長の声とともに忘れてしまった。

「何だったのよ、夕方の電話？」

八時にアパートに戻り、一人だけ遅い晩御飯を食べながら声をかけると、郷子につきあって罐《かん》ビールを啜《すす》っていた将一は、下唇を横にひっ張りニッとするいつもの笑顔になって、顎《あご》で奥の部屋の窓を示した。

道路に面した窓は磨《す》りガラスだが、その上に白く点々と貼《は》りついているものがある。近眼気味の郷子が目を細めて焦点をあわせるとそれは白ではなく薄紅色の桜の花片《はなびら》で、絵の具か何かで描《か》いたらしいとわかった。本物の花片と同じくらいの大きさに二、三十枚がガラスを川面《かわも》にして降りしき流れているように見えた。

「綺麗《きれい》じゃない？　絵の具？」

「違うよ、お母さんが爪《つめ》にぬるヤツ」テレビを見ながら最近買ってやった国語辞典をめくっていた優が、裏ぎり者が密告するような口調で言った。「お父さん、二本とも壜《びん》、からっぽにした」

「いやだ、あれ高かったのよ、気に入ったから無理して余分に買っておいたのに……」

「だから、謝まったよ」

将一は相変わらず笑っている。その顔を見ていると、郷子はいつものようにはぐらかされた気分になって、

「まあいいわ。こないだみたいに二万円もの馬券破って空に撒《ま》かれたら困るけど」

「あれは去年の話だろ。いい加減忘れてくれよ」

「忘れるわけにはいかないわ。過去はカレンダーみたいに棄《す》てられないわね」

五年前浮気したことや、一昨年酒場で酔っぱらって喧嘩《けんか》し危うく新聞沙汰《ざた》になりかけたことだって、私にはまだ昨日の出来事と同じなのよ、そんな意味をふくめて冗談半分に睨《にら》みつけると、将一はさすがに目をそらし、「恐《こわ》いなあ、母さんは」優の隣に寝そべって同意を求めたが、優は馬鹿《ばか》にしたように笑うだけである。

「また笑う。お前、俺の子供だってことわかってないな」

ふざけ半分に将一は襲いかかっていった。

「やめてよ、騒ぐのは。この間下の部屋へステレオの音がうるさいって文句言いにいったのに、家《うち》が騒いでたら示しがつかないじゃない」

郷子の声など無視して、男二人は狭い部屋を転げまわった。後で考えれば、この時将一には既に決心があったはずだが、子供相手にふざけている姿にはそれらしい気配はまるで感じられなかった。ただ夜も更《ふ》けて、風呂からあがった郷子が顔にクリームをすりこんでいた時である。先に布団《ふとん》に入り、珍らしく郷子の編集した婦人雑誌を読んでいた将一が、「俺と別れることになったら、君、なんて言ってほしい？」ふっと尋ねてきた。

「どうしてそんなこと聞くのよ」

「いや、俺の本当の親父《おやじ》、子供の頃突然いなくなっただろう？　一言でも何か言い残していたら、母さんも張り合いがあったかなって」

将一は雑誌の「別れた男の忘れられない一言」という特集を読んでいたのだった。

「そうねえ、やっぱり『頑張《がんば》れよ』かな。別れることになれば優は当然私につくでしょ？　女が翔《と》んでるっていっても今の時代でも女一人子供抱えて生きてくってそりゃ大変だもの」

「頑張れよか……なんか月並みだな」

普段と変わりない顔で大きな欠伸《あくび》をすると、雑誌を投げだし、将一は目を閉じたのだった。

翌朝早く、将一の動きまわる音で、郷子は一度目をさました。

「どうしたのよ、こんな早くから」

「いやちょっと、煙草《たばこ》が切れたから買ってくる」

窓に夜明けが迫り、マニキュアの花片は幽《かす》かな光の気配に薄く透け、郷子の朦朧《もうろう》とした意識に漂っていた。目を閉じると闇《やみ》は花の残像に埋まった。アパートの廊下に響く夫の下駄音《げたおと》がその花を柔らかく踏みつけながら遠ざかっていくように思えた。

再び眠りに落ちた郷子をしばらくして今度は優の声が揺り起こした。

「お父さん、家出したみたい……テーブルの上に女の人の手紙がおいてあった」

読めない漢字があるので大体しかわからないけどお父さんへのラヴレターだよ、優はそう言って、とび起きた郷子にピンクの封筒をさしだした。優の手から封筒を奪いとりながら、郷子は耳に昨日の夕方将一が電話で「ごめん」と謝まった声を響かせていた。

あれはマニキュアのことなどではなかったのだ——

二

——ぼくのお父さんにそのラブレターがとどいたのは春休みにはいったつぎのつぎの日でした。お母さんが仕事でるすのときで、お父さんはめずらしくマジメな顔で読んでいましたが、ぼくがのぞきこむと大あわてでかくしてしまいました。そうして何日かがたち、三月の最後の日の朝お父さんはそのピンクのラブレターをテーブルの上にのこして家出をしました。ぼくもその手紙を読んだのでだいたいわかるのですが、その女の人はお父さんが結婚するまえにつきあっていた恋人で、さいきん難しい名まえの病気になり、いのちがあと半年しかないとわかって、かなしくなって十年ぶりに学校へお父さんをたずねていったのです。ぼくのお父さんは学校の先生です。そのときお父さんは女の人にまだ結婚していないとウソをいったようです。そうして死ぬまで自分がいっしょにくらしてせわをしてやるといったようです。手紙に女の人は、あなたがそう言ってくれたので本当にうれしかった、いろいろ考えたけれどあなたのゆう通りにしたいと書いていました。お父さんはお母さんとぼくをすててその女の人のアパートへいったのです。そのラブレターがとどくまえに、お父さんはもう家出する決心だったみたいです。あとで春休みになるまえに学校へ退職とどけとゆうのをだしていたことがわかりました。お母さんはぼくが思ったほどおどろきませんでした。ぼくのお母さんはヘンな所があるのです。お父さんが困ったことをすると、いつもより元気になるみたいです。まえにお父さんが校長先生にしかられ、頭にきて、酒を飲んで知らない人とケンカしりゅうち場に入れられたときもそうです。新聞にのったり学校に知れたら困るので、知りあいの警視総監のつぎにえらい人に電話をしてたのみ、お父さんをむかえにいきましたが、いつもよりイキイキしてるみたいでした。お父さんは学校で生徒がこっそり煙草をすっているのをみつけ、「すうならどうどうとオレのまえですすえ」といって生徒に煙草をすわせ、校長先生にしかられたのです。お父さんは「どのみちとめたってかげですうんだから」といい、お母さんは、「そりゃそうだけど先生ならやめろとゆうべきなの。それに校長にどなられたからってよっぱらって知らない人とケンカしなくてもいいじゃないの」としかりました。お父さんはゴメンと両手をついてあやまりましたが、すぐにへへとわらってほんとうに反省しているようには見えませんでした。お母さんのほうも「まったく困った男だから」と文句をいいながら本気で腹をたてているふうではなかったです。そうゆうときのお母さんは管理人のおばさんが猫をしかるときににています。猫が悪さをするたびに「おうちゃくな猫ねっ」と叱《しか》るのですが、本気でおこっているならけとばしたりなぐったりすればいいのに、ぜったいそうはしません。こんどの家出のことでも最初のうちお母さんはみょうにイキイキしていました。手紙の女の人が名まえだけしか書いてなかったので、お母さんはほうぼうの心あたりへ電話をかけていましたが、そのうちにぐうぜんある人が中野のスーパーの魚屋さんで仕事をしているお父さんを見たとれんらくをくれました。「こらしめてきてやるからね」じょうだんに腕をまくって出てったお母さんは、もどってくるとぼくを呼び、女の人はもう病院に入っていてこのあいだ手術をうけたがあまり長く生きられない、家族も友だちもいないので死ぬまでお父さんがせわをしてあげることになった、その人が死んだらお父さんはもどってくるから、半年しゅっちょうでもしてると思って、それまで母さんと二人で元気にやろうねといいました。そして「どうしようもなく困っている人がいたら、困っていない人は自分のもっているぶんをあげなければいけない」といいました。死んでいく女の人のためにまだ長く生きられるお母さんは半年だけお父さんをあげたのです。死んでいく人のせわをするお父さんはリッパだし、それにきょう力するお母さんもぼくもリッパなの、とお母さんはいい、ぼくは「お父さんがいないほうがしずかでいいな」と答えましたが、ほんとはちょっとさびしかったです。お父さんがいるとたいくつしないですみます。お父さんがいなくなってから一か月と半分がたちました。お母さんはぼくのまえでは、むかしより元気ですが、それでもぼくが寝たあとひとりでビールを飲んだり、おふろの中で小声で「女ごころのみれんでしょう」と歌っているのをぼくは知っています。このごろではよくぼんやりして、それに気づくとあわてて楽しい話をはじめて笑ったりします。ほんとはお父さんにもどってきてほしいのにちょっとムリしてるんです。ほんとはお母さんもさびしいんです。でもお父さんがもどってきたら、女の人は一人で死んでいかなければならないので、それもかわいそうな気がします。こうゆう時はどうしたらいいのでしょうか。まえにお父さんとお母さんがこの雑誌の人生相談コーナーのことを話してたのを思いだし、お母さんのかわりに相談することにしました。どうかお母さんのなやみをかいけつしてください。

読み終えて郷子はすぐに顔をあげられなかった。阿佐谷《あさがや》の作家に原稿をもらって編集部へ戻ると、編集長の岡村が「人生相談に子供からららしいけどおもしろいのが来てるから」その手紙を投げてよこしたのだった。読み始めてすぐに優だと気づいた。筆蹟《ひっせき》も間違いなかった。ところどころ漢字が罫《けい》線《せん》からはみだすほど大きくなっている。不恰好《ぶかっこう》で漢字というより象形文字だった。国語辞典をひきひき、便箋《びんせん》に字を写しとったのだろう。父親のいなくなったことなど関係ないよといった現代っ子らしい顔をしながら、こんな形で母親の意表をついてきた大人びた計算と字の幼なさが不釣合《ふつりあい》だった。

「どう、今度の号に載せようと思うんだよ。みんな賛成してるしね」

編集部全員がもう読んでしまったと聞いて、郷子は観念した。ちょうど皆出はらっていて編集部には二人だけしかいない。

「どう思います、編集長はこのお母さんのこと」

「けなげだねえ、今どき珍らしい女の鑑《かがみ》――と言いたい所だけど、虚栄《みえ》っぱりなだけじゃないかね」

「虚栄っぱり？」

「そう、きっと女の方が二つ三つ歳上《としうえ》じゃないかな。友達にもそういう夫婦いるけど、亭主《ていしゅ》が浮気しても変に落ち着いた顔してるって。そりゃ胸の奥ではもやもやもあるんだろうけどそういう所絶対に顔に出さないのを得意に思ってる所あるって。歳上の女房ってのは亭主にも世間にもしっかりしてるように期待されてるとこあるからね。普通の女なら堪えられないことでも私は平気よって顔、亭主に見せちゃうんじゃないかね。まあ、それだけじゃないだろうけど——子供ってのはよく見てるんだよ。歳下の亭主は猫みたいなもんで、口では叱りながら手では撫《な》でてるってとこあるんだろうね」

「それも当たってるかもしれませんけど、私はこの奥さん、亭主の居所見つけて会いにいった時が勝負だったと思うんです。亭主、きっとまたごめんと言ってへへと笑ったんです。それにはぐらかされて、ゆきがかり上、わかったわって答えたんです。そう答えたらもう引っ込みつかなくなって、意地でも半年待とうって……意地っぱりなんです、きっとこの女《ひと》、最初になりふり構わず、戻《もど》ってきてよって言ってたらきっと亭主戻ってきたと思います。いえ今でも遅くないって、それはわかってるけど、今さらもうそんなこと言えないわって……」

「へえ、わかってるんだね」

「わかりますよ……これ私のことなんですから。ご存知なかったですか。うちの亭主一つ歳下なんです」

言って、驚いている岡村をふり返り、郷子は顔を顰《しか》めて微笑《ほほえ》んだ。

「……じゃあ……そう言やご主人、学校の先生だとは聞いてたけど……」

「今はゴムの前掛けに長靴《ながぐつ》。それが全然似合わないんです。初めて見たとき何か嘘《うそ》みたいで……先生やってたときは先生らしく見えなかったのに、そういう恰好してるといかにも教師が無理してるって感じなんです」

それがいけなかったのだと思う。恰好つけてはいても長い髪に手拭《てぬぐ》いの鉢巻《はちま》きは、学生アルバイトのように板につかず、「絵は上手《うま》いけど、人生は下手だなあ」そんな言葉が胸に浮かび、腹立ちを柔らかい綿のように包んでしまった。あの時、夕方のごった返す客の背後に郷子の顔を見つけると、「いらっしゃい」照れたぶんだけ大声を張りあげて将一は言った。二人はスーパーの隅《すみ》の殺風景な喫茶店で話しあった。

相手の女の名は田島江津子といった。夜間高校卒業後、小さな洋装店でお針子をしていた江津子と、将一は郷子と結婚する前に一年ほど交際していたという。同い年といいながら妹のように甘えたがる江津子が面倒になって別れたのだが、別れる頃《ころ》には郷子とのつき合いが始まっていたから、結果としては将一が江津子を棄てた形になった。将一の結婚を知らないまま江津子はお針の腕だけに頼ってその後も独身生活を続け、今年の正月、友達の家で突然貧血状態になって倒れた。病院で診察してもらうと、医師が家族に会いたいという。家族と呼べるものはなく、友達を姉に仕立てて病院に行かせ、その友達の口から無理矢理、骨髄性白血病という病名と残された生命の日数を聞きだした。元気なうちに会っておきたい人がいないかなと考えると、思いだせたのは十年前不意に電話をかけてこなくなった若者だけだったという。

「俺、昔棄てたことに責任感じて、とかそんなんじゃないんだよ。高崎にあいつの叔父さんいるんだけどね。手術の同意書に判もらいに行ったんだけど、江津子が言う以上にひどくてね。入院費はいっさい負担できないが、葬式ぐらいは出してもいいから死んだら連絡くれとだけ……俺しかいないんだよ。人間としてやらなければならないという気がして」と言う将一に郷子も「じゃあ夫として父親としてはどうなのよ。人間としてなんて言ってほんとは男としてなんじゃないの。私より昔の恋人の方がよくなっただけじゃないの」逆らいはしたが、ゴメンと例の笑顔をむけられると、そんな怒りの声も上すべりになり、気がつくと「わかったわ」そう答えてしまっていた。

一度押しきられると後は将棋倒しだった。

「ともかくその女に会わせてほしい」と郷子が言うと将一は「悪いけど俺が昔から姉さんみたいに頼りにしてる従姉《いとこ》ということにしてくれないかな。江津子にそう話しておくから。江津子、今俺のことだけが生きてる理由みたいなところあるから」と答えた。

馬鹿《ばか》にしてると思いながらも郷子は黙って肯《うなず》いたし、田島江津子に初めて会ってから三日ほどして電話をかけてきた将一が、「あいつ、君と喋《しゃべ》ってすごく楽しかったって。悪いけど時々でいいから見舞ってやってくれないかなあ」と言った言葉にも「いいわ」と答える他《ほか》なかった。

郷子の方でも初めて会った江津子には好印象を抱いていた。想像したほどの美人ではなく、器量は十人並みだったが、物言いに三十過ぎとは思えぬ可愛《かわい》いところがあった。死ぬために生まれてきた人は皆そうなのか、性格にはガラスの箱のような澄んだところがあり、郷子はもしこんな形で出会うのでなければ本当に心をうちあけられるいい友達になれたかもしれないという気さえした。

週に一回だからもう四、五回だろうか、郷子は、優には内緒で病院に寄っては、夫や江津子と会っていたのだった。

「そりゃ、もやもやというのはありますけど、でも私、単純に考えることにしたんです。子供に教えたみたいに、彼女にはもう少ししか生命がないし、私にはまだたくさんあるからって」

「さっきの、やはり、けなげだという方にしておくよ」

「ええ、そうしておいて下さい」

郷子は笑ったが、虚栄っぱりと言われた言葉は気持ちにひっかかっている。編集長の言うとおりなのかもしれないとも思う。今度のことで自分は普通の妻にはできないことをしていると思っているが、それもただ自分がいかにしっかりしているかを夫に見せたいだけなのかもしれない。恋仇《こいがたき》といえる女に優しく対する、その裏にも、歳上《としうえ》の女房というのはこんなに気持ちが大きいのだということを夫に認めさせようという計算があるのかもしれない。

しかしそれが郷子のどんな動機から始まっているとしても、大人たち三人の関係はしばらく現状を維持する他ないのだが、問題は優である。封筒の宛名《あてな》書きの不揃《ふぞろ》いの漢字を眺《なが》めながら、郷子は手紙の内容より、優がこんな形で手紙を送ってきたことに衝撃を覚えた。母親にかわっての人生相談などは名目で、優は当然その手紙が母親の目に触れることを期待して書いたのだろう。気強い子だからと安心していたが、子供を無視して勝手なことをしている大人たちにこんな形で反抗しようとしたのだろうか

――

「ともかく、この手紙ボッということでいいですね」

岡村は本当に困ったことになったらいつでも相談に乗るからと言い、

「しかし、本当に勝気な女性というのは顔に全く出さないからわからんねえ。春からこんなことになってるなんて全然気づかなかったよ」

先刻の失言を埋め合わせるつもりなのか、わざとらしい感嘆の声を出した。

郷子は手紙をバッグにしまった。優には何も言わないつもりだが、帰りに病院に寄って夫に読ませ、今度の日曜に鎌倉《かまくら》へでも三人で行ってくれないかと頼むことにした。夫と優は三月末にあんな形で別れたままになっている。一日優のために時間をとり、将一の口から直接に今の自分たちの立場を聞かせてやれば優も安心するだろうと思った。

三

鎌倉は大仏を見ただけで、親子三人は海岸沿いに歩き由比《ゆい》ヶ浜《はま》へ出た。午後は五月の陽《ひ》ざしと潮風と波の音に溢《あふ》れ、水平線は温かさに煙り、いかにも休日らしいのどかな線をひいていた。リュックを背負った優は、鎌倉の売店で買った父親とお揃いの野球帽をかぶり、郷子は赤い日傘《ひがさ》をさしていた。

郷子は将一と優の久しぶりの対面がどうなるか心配だったが、そこは父子というのか男同士というのか、春からの出来事など嘘のように、波うち際《ぎわ》で水を蹴《け》りあって遊んでいる。家族連れが点々とし、休日というより休息日といった幸福な光景が描かれた中に、三人も自然に融《と》けこんでいる。

郷子はふっとこの絵の中に、自分のかわりに江津子がいたとしても調和は崩れない気がし、慌《あわ》てて首をふった。今日一日は江津子のことを忘れていたかった。

十人は乗れる大きなボートが砂浜に引きあげられている。その傍《そば》で弁当を広げ、食べ終わると、郷子は将一を指でつついた。そろそろ優に話してやってという合図である。将一は優を抱きかかえてボートに乗せ、自分も乗りこんだ。両脚をふんばり、ボートを揺する優に「なあ、すぐる」将一は呼びかけた。しかしそれだけで、優が脚を動かしたまま見あげると、将一は変に照れてその後の言葉が続けられなかった。優をまねて自分も両脚を揺らしながら、将一はおもむろに煙草《たばこ》に火を点《つ》け、それからふっと「吸うか、お前も……」優の方にさしだした。前に優が面白《おもしろ》がって火のない煙草を口にくわえたことがある。その時郷子は叱ったのだが、今日は何も言わなかった。「やめなさいよ」言いかけた言葉を中途で飲みこんだ。

例の、生徒に面前で煙草を吸わせた事件の何日か後だった。将一が弁解のように「俺《おれ》、小さい時初めて煙草吸わせてくれた人のこと憶《おぼ》えてるなあ」と言ったことがある。

将一の父親は、将一が五歳の時家を出ているので、将一には本当の父親の記憶は全くなかったが、煙草を吸わせてくれた人の一瞬の顔だけは、はっきり憶えているという。「あれが父親だったんだろう」と将一は言った。

その話を聞いて郷子には何故《なぜ》将一が生徒に煙草を吸わせたかわかるような気がした。煙草だけが、将一が父親から実感として憶えた教育法だったのだ。生徒にしろ自分の子供にしろ、将一はいつもとまどい子育ての能力に欠けていたが、それは幼少のころ父親から肌《はだ》で体得したものがなかったからだろう。たった一つが煙草の煙だったのだ。家出した父親を将一は恨んでいないし、いつも懐《なつ》かしく思っているという。将一にとって、子供の時の一瞬の煙が、普通の父親が生涯《しょうがい》かけて子供に語る言葉であり、叱り声であり、慰めの声だったのだろう。

うなずいて父親から煙草を受けとった優に、郷子は「吸いこまないでよ。すぐ吐きだすの」とだけ言った。

優はちょっとむせただけで上手に煙を吐きだした。煙は潮風に白く漂った。ボートはギーギーと音をたて、二つの黄色い野球帽がただ平行調の音符のように揺れるむこうに、初夏の青い空があった。将一はもう一度自分が吸って、煙草を砂の上に投げすて、「蟹《かに》とりにいこう」優と一緒に、岩陰へと走りだした。棄てた煙草は、陽ざしと砂の煌《きらめ》きと、二つの光に埋まって、大地が憩《いこ》いのひと時を楽しんでいるようにのんびりと煙を吐き続けた。

日が沈み、三人は駅前の大衆食堂に入って夕飯を食べた。食べ終えた優にゲームをやりに行かせ、「一つだけ確かめておきたかったことがあるの」と郷子は切りだした。

「あんた、本当にあの女《ひと》に惚《ほ》れてるんでしょうね。——同情とかそんなことで、たとえ半年でも私たち棄てたのなら、私、いやだから」

将一は「惚れてるよ」ボソッと答えた。

「だったらいいわ」

郷子は答えると、バッグから札束の入った封筒をとりだし、「二百三十八万二千五百円」と言って将一の方へさしだした。二人は給料から半分ずつを出し合って生活費にあて、残りをそれぞれの名義で貯金していたのだ。さしだした金は郷子が前日、夫の通帳からひきだしてきたものだった。将一は着のみ着のままで出ていったのである。日中はスーパーに勤め、朝夕二時間ほどずつ江津子についているだけで夜は病院近くに借りた三畳一間に寝ている。個室に変われば夜も付き添えるのだが、江津子の預金だけでは手術費と入院費がやっとだと郷子は聞いていたのだった。

郷子は、通帳の十八円の残額を示し、

「この残した十八円、私の今の気持ち——預かっておくから」

通帳をバッグに入れた。

「俺、最高の女と結婚してたんだなあ」

将一は目を瞠《みは》り、芝居がかった声になった。その顔に郷子は子供の頃見た映画の一場面を思いだし笑ってしまった。

怪訝《けげん》そうな将一に郷子はその映画の筋を説明した。貧乏な姉弟《きょうだい》がいて、弟が修学旅行に行く金がないのを不憫《ふびん》に思った姉が集団就職で上京の際晴れ着を買おうと思って貯《た》めていた金を弟にさし出す場面だった。ボロの学生服を着た弟は腕で目をぬぐいながらしゃくりあげ、確か姉もつりこまれて泣いたのだった。

「子供の頃って変ねえ、私、家《うち》も貧乏だったらいいのにと思って……うちは兄だけど、兄が修学旅行に行けないのよって友達に嘘《うそ》言ったりしたの」そして郷子は今の目があの時の少年の目に似ていたからと言った。

「俺も泣こうか……」

冗談ともつかず呟《つぶや》いた将一を、郷子は馬鹿《ばか》ね、とたしなめた。

防波堤を境に、暮色は海の方が濃かった。薄暗い海面は潮風に波だち、やがて訪れる夜に人々のひと午後の思い出を葬《ほうむ》る準備を始めていた。海岸道路には車のライトが絶えまなく流れていた。

無人のような鄙《ひな》びた駅のホームで、将一は「このまま東京へ戻ったら一緒にアパートまでついていきそうだから」と言って、郷子と優だけを先の電車に乗せた。ドアが閉まると、将一は優に笑いかけ、それからちょっと真面目《まじめ》な顔になり、郷子に何か言った。唇《くちびる》の形だけで聞きとれぬうちに電車は走りだしたが、「頑張《がんば》れよ」将一はそう言ったのかもしれない。

四

江津子が個室に移ってから、郷子は病院に行くのに将一のいる時間を避けるようになった。将一がいると夫婦でない芝居をするのが辛《つら》かったせいもあるが、江津子と自分の関係に将一が混じると一緒に不純なものが混じってくるからである。

将一が江津子に優しくするのを見ると、心中はやはり穏やかではなかった。将一のいる場で「郷子さんは好きな人いないんですか」などと聞かれたりするとどんな顔をしたらいいかわからないし「何も知らないからって、いい気なもんだわ」と江津子にむける目が冷淡になったりする。編集長の岡村から虚栄《みえ》っぱりと言われたことに、郷子は依然こだわっていて、夫の目のない所でも江津子に優しくしなければならないと自分なりに考えてみた。自分の中に確かにある虚栄っぱりという言葉を拭《ぬぐ》うために、夫とは関係のない位置で、江津子という一人の女性の生命を考えたかった。そのためには江津子と二人だけで会う方がいいのである。

最初のうちは江津子を慰めたり優しくしたりするために通っていたのが、しかし、梅雨《つゆ》が終わりいよいよ本格的な夏を迎えた頃からである、郷子は逆に自分が江津子から慰められるために通っているのではないかと思うようになった。

　鎌倉にいった頃から、郷子は疲れすぎた晩などなかなか寝つかれず、夫が窓ガラスに描《か》き遺《のこ》していった桜の花片《はなびら》が、外を通る車のライトに影となって流されるのをぼんやり眺めたりするようになった。

流れは由比ヶ浜の潮風の匂《にお》いを運んできて、隣に将一の寝息がない淋《さび》しさを刺してくる。眠ろうと目を閉じると、闇《やみ》に、今までなかった鮮度で将一の顔が浮かんでくる。

　この春から、郷子は将一を今までとは別の目で見始めるようになった。それまで男として将一を考えたことはなかった。結婚前から既に夫になる人としか見ていなかったし、結婚後も夫として、優の父親としてしか見なかった。だが、将一が家を出、余儀なく視線を遠ざけて見なければならなくなると、郷子には初めて男としての将一の魅力が理解できるようになった。馬鹿だとは思う。昔の女が死ぬからといって十年かけて築きあげた家庭も仕事も棄ててしまうというのは確かに愚かだろうが、その馬鹿にむかって、ある朝、素足に下駄《げた》ばきでまったくさりげなく歩きだせる男には、普通の男とはまた違う魅力があるのではないか——そうも思えた。由比ヶ浜の食堂で、本当に江津子に惚れてるかどうか尋ねたときも、気持ちのどこかでは「ただの同情だよ」そんな答えを期待していたと思う。寝つかれない時など「将一は私でなく、あの女《ひと》を好きなのだ」そんな言葉がはっきりと耳を打ったりする。

だが皮肉なことに、その辛さを郷子は当の恋仇の江津子と喋ることで慰められる所があった。別に具体的なことを喋るわけではない。女学生同士のような他愛もないお喋りをするだけだが、同じ男を愛する女は感情の仕組みまで同じなのか、些細《ささい》なことでも気が合った。

最初のうちは故意に将一の話を避けていたが、いつの間にか自然に女二人のお喋りには、将一の名が必要でなくなった。「私はミシン掛けるだけの狭い世間で生きてきたでしょう?　とうとうベッドの上のこれだけの世間になってしまったけど」という江津子は、郷子の仕事の愚痴なども面白そうに聞いてくれるので、郷子は会社で嫌《いや》なことがあると、必ず帰路に病院へ寄った。看護婦や患者仲間には、二人を姉妹と思っている者もいたし、事実江津子の髪を結ってやったりしながら、結婚後も交際できるだけの友人を持っていない郷子は、初めて友人をもったような気がすることもあった。

たった一つ郷子が相談できなかったのは、今将一に味わっている辛さだけだった。郷子は今度の出来事を北海道の母や兄に黙っていた。夏休みには例年のように母を東京に呼ばず、隠し通すつもりだった。話したとしても「将一さんよりお前が馬鹿だ」と言われるのはわかっている。そして今、将一の馬鹿に付き合い、付き合い切れず悩んでいる自分の気持ちを打ち明けて「それ、馬鹿なことじゃないわ」そう言ってくれる相手が一人でもいるとしたら、それは当の江津子だけなのかもしれないと思った。

そうは言っても、時に江津子との関係に、ふっと影がさすことはあった。たとえば江津子が、付き添いの将一が使っている簡易ベッドの枕元《まくらもと》に転がった玩具《おもちゃ》のヘリコプターを見ながら「将一さん、私を本当に愛していると思う?」と聞き「将一さん子供の頃、玩具買ってもらったことないんですってね。玩具屋のショーウインドーの前で六時間も立っていたことがあるって。大きくなったら店ごと買おうとそう思ったって」と言ったことがある。そして「将一さんにとって私、玩具かもしれないって思うことあるの。いつかゼンマイが切れて壊れるから安心して遊べる玩具」と続けたが、郷子の胸にこたえたのは、その最後の言葉より、自分には語ったことのないそんな話を、将一が江津子にだけ聞かせたことだった。

針のような細い痛みとともに、そんな時、郷子は、優が鎌倉から戻《もど》ってしばらくしたある晩、算数の教科書からふっと顔を上げて呟いた「循環小数」という言葉を思い出す。

「お母さん、循環小数って知ってる？　一を三で割っても割りきれないんだって。小数第一位ではレイ点《てん》一の余りがでて、それをまた割ると今度はレイ点レイ一の余りがでて……地球を何回まわっても割りきれないって」

優はそう言って意味ありげな目で郷子を見た。勘のいい子供に自分たちの関係を指摘されたように思えて、郷子はギクリとしたが、確かに一人の男と二人の女の関係は一を三で割ろうとしているのだった。どんなに江津子と親密に気持ちを打ち明けあっていても、親しさの底にはレイ点一の余剰が細い亀裂《きれつ》を走らせていた。

その優の夏休みも間近になった一日である。

郷子と江津子は雑誌に載っている小説のことを話し合っていた。

郷子が担当している女性作家が歌人与謝野《よさの》晶子《あきこ》と夫の鉄幹、それに歌人仲間の山川登美子との三角関係を描いた小説で、江津子は、鉄幹作の、有名な「妻をめとらば才たけて」で始まる歌が載っている頁《ページ》を開き、「これ男同士の友情を謳《うた》った歌だとは知らなかったわ」と言いながら、何となく詩を口ずさみだした。

何番目かに「妻子《つまこ》をわすれ家をすて義のため恥をしのぶとや」という文句が出てきた。その言葉に、郷子の胸が冷たい一雫《ひとしずく》を覚えた時である。江津子が突然苦しみだした。郷子が慌《あわ》てて誰《だれ》かを呼びに行こうとすると江津子は、さしこみみたいなものだからすぐに治る、悪いが背を叩《たた》いてくれないか、将一もいつもそうしていると言った。言われた通り叩いたが、「もっと強く」と言われるままに力をこめて殴りつけ、その瞬間、郷子は思わず手をひき一歩退いた。

しばらくしてやっと痛みが治まったらしい江津子は、手を背裏に隠し突っ立っている郷子に「どうなさったの」と聞いた。

咄嗟《とっさ》に微笑で繕ったが、郷子は江津子の背を殴りつけた手に、今まで胸の奥に隠していた感情が一挙に爆発し、流れだした気がしたのだった。

循環小数という言葉がこの時も頭をかすめた。

その日、病院を出て中野駅へ向かう途中で郷子は今後もし江津子の死を願うような気持ちがわずかでも自分の胸に巣喰《すく》うことがあったら、その時には江津子に自分が将一の妻であることを打ち明けようと決心した。

五

夏休みに入り、優が九十九里浜の臨海学校に出かけているひと晩、郷子は将一と新宿駅で待ち合わせ、歌舞伎町《かぶきちょう》の小さな酒場へ行った。午後に将一から電話がかかってきて「久しぶりに会わないか」と誘われたのだった。考えてみると江津子には週に一、二度は会っているのに一か月近く将一の顔を見ていない。郷子は少し早めに新宿駅へ行った。駅ビルの化粧室で頰紅《ほおべに》をさしたが、江津子の肌色が先週ひどく蒼《あお》かったのを思いだし、拭《ぬぐ》いとってしまった。

将一は酒場の椅子《いす》に座ると、さかんに体が魚くさくないかを気にした。

「大丈夫。それにもうこうなったら堂々とその匂い自慢すればいいのよ――でも学校やめてからかえって先生らしく見えるようになったな」

床屋へ行ったばかりらしい将一の頭は変に真面目くさって見え、他の客や店の薄暗い雰囲気《ふんいき》から浮きあがっていた。

「学校に未練ないの？」

「ないね。俺《おれ》、今のほうが多少ましなもの売ってるもの――十年前から魚売ってりゃよかったよ」

「ほんとよ。そうしてくれてたら私も結婚せずに済んだ」

「俺が教師だったから結婚したわけ？」

郷子は正直に肯《うなず》いた。

「私、昔すごく堅実型だったのよ。大学出る前には将来の設計図全部つくってあった。若いうちに結婚して二十五前に子供産んで、子供は四歳まで母親に世話させて、共稼《ともかせ》ぎして、早いとこマイホーム持って……結婚相手も銀行員か公務員がいいって。でもそれじゃ履歴書と結婚するみたいでしょ、ちょっと淋しいから、履歴書から一行ぐらいはみだしてる男もいいなって」

「それが俺だったわけだ」

「見る目なかった。一行だと思ってたのよ。それが全部はみだしてるんだもの」

「君の設計図、俺が破ったわけか……」

「そう。惚れてます、俺には君が必要ですって殺し文句言われて得意がってたけど……」

「必要だったよ、俺、君みたいにしっかりしてる女がついてなきゃ駄目《だめ》だって自分でもわかってたから……俺、本当にあんたみたいなの探してたよ、金《かね》の草鞋《わらじ》はいてさ」

「でも、結婚したらさっさと脱いじゃったじゃない？　そのかわりに私がはかされて十年も重い荷物背負って歩いたのよ」

将一は煙草《たばこ》に火を点《つ》け、煙に乗せて声を吐き出した。

「草臥《くたび》れたのなら、荷物おろしたらどうかな……」

そして郷子がふりむくのを待って呟《つぶや》いた。

「別れてくれないかな……」

郷子にはその声も煙と一緒に消えた気がした。酔いに揺れていた目の焦点だけが、将一の顔へとゆっくり絞られていくのがわかった。将一は横顔で笑ったままだった。

「別れるって離婚してくれっていう意味？」

「夫婦が別れるっていえば他の意味はないよ」他人事《ひとごと》のように言って、「あいつ十日後にまた手術受けることになった。君も気づいてたかもしれないけどこの頃《ごろ》、夜中なんか闇の中で見るとぼおっと雪みたいに白いんだ……」

将一は自分が笑っていることが信じられないように手で表情を拭った。目が暗くなった。

二度目の手術は危険が大きく、もちろん医師たちは万全を尽すと約束しているが、万が一失敗したら却《かえ》って死期を早めることになる。先週、副院長に呼ばれ、そのことは覚悟しておいてほしいと言われたという。

「一昨日《おととい》また高崎へ行って手術の同意書に判もらってきた。仕方ないよ、手術しなけりゃあとせいぜいひと月だって言うから……」

「このあいだ非道《ひど》く顔色悪かったから心配はしてたけど……でもだからってどうして私たちが離婚しなきゃならないのよ」

将一は言葉を選ぶようにしばらく、下唇を嘗《な》めていたが、

「今までだあいつ生きてるからさ。元気残ってるから……今のうちなら結婚式挙げられるから……」

将一の声が石に固まって口の中に押しこまれ、「そんな……いやよ、絶対」それだけしか声にならなかった。

「君、俺に惚れてくれてるのかな……」

「……………」

「いや、惚れてくれてる。だから君、今までも俺の好きなようにさせてくれてきた。それは感謝してるよ。虫のいいこと承知で言うけど惚れるって、相手に一番好きなことをやらせてやりたいっていう気持ちのことじゃないかな。本当に惚れるってそういうことだよ」

「こんな際に感謝なんて言葉、卑怯《ひきょう》よ」

「卑怯はわかって言ってるよ。あいついつか言ったことある。こんなことになるなら誰とでもいいから一度結婚式挙げとくんだったって。結婚式なしで葬式だけってのは淋《さび》しいって……俺、あいつに惚れる。最初は責任とか同情とかだったかも知れないけど、今は違うよ。だから俺あいつのやりたいこと……だから君も俺のやりたいこと……」

「じゃ百歩譲って式だけはあげるとしてよ、どうして離婚までしなきゃならないの」

「俺、きちんとしたいんだよ。形だけ式あげるなんて、あいつ可哀想《かわいそう》だよ」

「死んでいく人にはきちんとして、生きてく私や子供にはきちんとしなくてもいいっていうの。あんたの言ってることはね、子供がお金ももたないで玩具屋の主人に玩具くれってせがんでるのと同じよ」

将一の無言のかわりに、水割りの氷が音をたてた。バーテンがちらちらと視線を送っているのに気づくと、「もう帰る」郷子は言って二人分の飲み代《しろ》をカウンターに置き、立ちあがろうとした。その手首を将一の手が握った。

「俺、今夜はよそで泊ると言ってあるから」

その手をふりきり、郷子は外に出ると、「馬鹿にしてるわ」と呟いた。蒸し暑い夜気にネオンの極彩色が喧騒《うるさ》かった。宿泊四千円という看板から慌《あわ》てて目をそらして歩き出すと、ポツポツと雨の雫が落ちてきた。土砂ぶりになればいいと郷子は思った。びしょ濡《ぬ》れになり、手首にまだ熱く残った屈辱感を洗い流したかった。

六

将一には欲しい物を実際に自分の手で握るまでいつまでも愚図々々するところがあった。そう簡単には諦《あき》めないはずだと思っていたが案の定、翌日に早速またアパートの方へ電話をかけてきて「もう一度考えてみてくれないか」ただその言葉ばかりを繰り返した。

郷子はその日から一週間休暇をとっていた。将一は一度社に電話を入れ、そのことを知ったらしかった。その朝、臨海学校から真っ黒になって戻ってきた優の耳があるので、郷子は一言「絶対にいやです」と答えただけだった。

沈黙に郷子の胸のうちを聞きとったらしく、将一はやがて、「勝手だよな、俺も。いいよ、もう。諦める――ただ手術前だから江津子にちょくちょく会いに来てやってくれないかな。あいつ手術にも俺より君に立ち会ってもらいたがってるから」と言って電話を切った。

将一のことは別にして江津子の見舞いはしなければならないと思っていると、夕方、ちょうど都合よく、日頃優を可愛《かわい》がってくれている隣の女子大生が来て、優を漫画映画に連れだしてくれた。郷子は着替えをして部屋を出た。昨夜から喉《のど》につかえている石を飲みくだすのにも江津子と他愛もないお喋《しゃべ》りをするのが一番いいのである。

病室には将一がいた。しばらくスーパーを休むことにしたと言いながら、画帳を手にしベッドに起き上がった江津子の肖像を描《か》いている。デッサンの江津子はヴェールと花嫁衣裳《いしょう》を身につけ、静かな微笑を浮かべていた。

「将一さん結婚してくれなんてメチャメチャを言うのよ。メチャメチャですよね」

弁解するように言う江津子は絵と同じ微笑になった。将一が笑顔でごまかしながら、

「俺、ふられちゃったよ」

「だって……絵だけでいいのよ、私は……」

江津子の微笑した目に涙の痕《あと》が残っているのを郷子は見逃さなかった。ドアをノックした時、女の涙声がはっと停《と》まり二人が慌てて離れるような気配があったのだ。江津子の目の淡い光を見ていると、郷子の胸に不意に突きあげてくるものがあった。

唇《くちびる》が硬《こわ》ばり「悪いけど一時間ほど将一を借りるわ」そう言うのがやっとだった。

将一をタクシーに押しこみ、アパートへ連れ戻った郷子は、何か月ぶりかに将一が部屋の畳の上に座るのを待って、手をふりあげた。殴られるかと思ったのか、将一は一瞬顔をよけたが、郷子のぶるぶる震える手は、机の隅《すみ》のスケッチブックをつかむと、それを将一の膝《ひざ》もとに叩きつけるように置いた。

「私の顔、描いてよ」

声も震えている。将一は黙ってコンテを探し、白い頁の上に走らせた。巧《うま》いもので瞬《また》く間に輪郭を描きあげ、将一は機嫌《きげん》とりの声になった。

「そう怒るなよ。怒った顔描きにくいよ」

「十年一緒に暮したんだから、私の笑う顔ぐらい憶《おぼ》えてるでしょ！」

自分でも驚くほどの大声になった。喉の石が飛礫《つぶて》となって口からとびだしたようだった。目からも飛礫のように大粒の涙がぼたぼた音をたてて畳に落ちた。

「あんた、ああいう女が良かったわけ」

一言いうと、もう制止がきかなかった。

「うっすら涙浮かべて、絵だけでいいのって、そういう女が良かったわけ？　だったら早く言っといてくれたらよかったのよっ。確《しっか》りした女がいいって言ったじゃないの。私だってね、結婚する前は皆に甘えん坊で仕方ないって言われてたのよ。けど私までそんなことやってたら今日まで保《も》たなかったじゃないの。家も優もメチャメチャになってたわよ。私が確りしてなきゃ、頑張《がんば》らなきゃ、我慢しなきゃと思ったから泣きたい時にはわざと気の強いこと言って、腹が立つ時には笑って、そうやって、やってきたのよ」

廊下を通る足音が聞こえたが、郷子はやめなかった。

「非道いわよ、惚《ほ》れてるなら一番やりたいことやらせてくれって、あんな事言われて私が傷つかないと思ったの。私が何も考えないって思ったわけ？」

「あの言葉は取り消すよ、だから……」

「一度聞いた言葉は消せないのっ。頭に来たけど、それでもあんたの言うことの方が正しいかもしれないと思って昨日一晩寝ずに考えたわよ。いいえ、昨日は二時に寝たけど、あんたが出てってから寝られなかった時間全部合わせたら一晩どころじゃないわよ。私が惚れてるからって……その一番弱いとこにつけこんでくるなんて、あんた、いい加減卑怯よ！」

後は言葉にならず、ぐしゃぐしゃに崩れた顔にただただ涙を流し続けた。どれだけ泣いていたのか、その果てに涙が、風船の萎《しぼ》んだような体からぷつんと切れた瞬間があった。涙といっしょに感情も最後の一滴まで流れだし、変にポカンとして顔をあげると、じっと自分を見つめている将一の目があった。

「何見てるのよ。私の泣いてる顔がそんなに不思議なのっ」

「いや……いろんな女が見えるから……」

将一はなおも郷子の顔を見続け、

「女って、一人でもいろんな女なんだな……」

独り言のように呟《つぶや》くと、再び手を動かし始めた。「いいわよ」と郷子は絵を払いのけた。

「いや、折角描き始めたから」

「違うのっ。あの女《ひと》と結婚してもいいわよって言ったの……」

「それはもういいから。あいつだって絶対にウンと言わないだろうし……自分が死んだあとの俺の将来のことも考えなくちゃ駄目だって。俺、あっちでも叱《しか》られこっちでも叱られで結構大変なんだ」

「——明日、私の口から話してみる……」

郷子は立ちあがると、優が戻《もど》ってくるといけないから帰ってよと声を投げ、浴室に入った。顔を洗う水音に、将一の出ていく足音が混じった。郷子は部屋に戻った。西陽《にしび》が烈《はげ》しい光で射《さ》しこみ、閉めきった窓の桜の流れを幻燈《げんとう》の川のように大きく畳へと映しだした中に、郷子の顔の絵が落ちていた。絵の郷子は、先刻ひと騒動を演じた女とは思えない優しい微笑を浮かべ、どこか江津子と似ていた。

七

「駄目です」

郷子の言葉に江津子はそう答えると、「そんなことできないってこと郷子さんが一番よくわかってるでしょう？」

窓辺に立っていた郷子は、流れこんだ朝の風とともにふり返った。江津子の言葉の意味がわからず、郷子は意味もなく笑いかけた。白い影が一週間前より深く江津子の頰を削っている。

「夫婦って同じ顔するのね。郷子さんが笑ってる時の唇の形、将一さんと同じだわ」

その言葉を実感するまでに時間がかかったが、郷子は不思議に驚かなかった。むしろ、当然だったようなひどく自然なものを感じていた。病院の朝は、空気までが白く静かで、窓に吊《つる》した風鈴のかすかな音さえ騒がしすぎるほどに思えた。

「……知ってたの？」

江津子は肯き、謝まるように深く頭を垂《さ》げた。

「あなたの方が騙《だま》してたのね。将一に聞いたの？」

「将一さん私が知らないと思ってるから、できたら黙ってて下さい。十年前、将一さんから電話がかかってこなくなった時、私ちょっと調べたんです。だから郷子さんのことも名前だけは昔から知ってました。――今年の三月に学校の方へ会いに行った時は、ただ会うだけでいいと思ってたの。でも将一さんが独身だと嘘《うそ》言った時、自由の身だから死ぬまで世話してやるよと言った時、私このまま黙ってようって。黙ってれば将一さんだけを悪者にして、私は半年将一さんといられるって……ミシン掛けてただけで死ぬなんて人生、あんまり幸福とはいえないでしょ。最後ぐらいやりたいことしてもいいんじゃないかって。郷子さんは十年一緒に暮したけど、私はせいぜい半年だから。死ぬ前に白状して謝まればいいんじゃないかって」

「そうよ――」郷子の唇から自然にそんな言葉が零《こぼ》れた。「私だってきっと同じことした……」

江津子は淡々と声をつないだ。

「私、昔から将一さんの奥さんはいい人だろうと思ってた。そう決めなきゃ淋《さび》しかったのね。でも想像した以上の人だったわ。敵に塩を送れる女の人がいるなんて思ってなかった。私、辛かったから何度も白状しようと思ったけど、そのたびにもしかしたら郷子さん、もう気づいてて私のために芝居してくれてるんじゃないかって……」

「気づいてはいなかったけど、私が夫を返してと言ったら返してくれる人だとはわかってたから」

言いながら郷子は、いつか江津子が苦しみだし背中を殴ってくれと言った時のことを思いだした。あれこそが江津子の芝居だったのではないか。江津子は郷子にわざと殴らせる機会を与えたのではないか。

「私、大した女じゃない。敵に送った塩、とり返すことばかり考えてたし、あなたを嫉《や》いてた分の方が大きかった。ただ、虚栄《みえ》っぱりだから、敵に毒を送る女になるのだけは嫌《いや》だったの。それにあなたにはちょっと感謝もしてたのよ、——不思議ね。将一が家出てから、私初めてあの男に出逢《であ》った気がする。十年経《た》って初めて将一と恋愛ってことやりだしたの。そのぶんいろいろ大変だったけど……私が式挙げてほしいと言ったのは、あなたのためっていうより将一のためなの。あの人子供と同じでしょ。三つ子の魂何とかって言うけど、今あなたにウェディング着せなきゃ、あなたがいなくなった後一生後悔すると思う。私、将一に後悔させたくないのよ。——私だけが犠牲になってるわけじゃないの。あなたは生命っていうもっと大きな犠牲払ってるでしょう。私には、あなたと違って今失うものがあっても、それをとり返す時間があるわ。これ、私のギリギリの本心。だからあなたも本当のこと答えて。一度でいいから皆の前で堂々と将一と並んでみたいって、そういう気持ちあるんでしょ?」

江津子は郷子から目を外《そ》らさず、静かに肯《うなず》いた。そして小さく笑った。

「今、私、泣いたほうが有利かなって思うけど……」

「だったら私も負けずに泣くわ」

郷子は、江津子のベッドに腰をおろし、二人は見つめ合った。真夏の朝の光が二人の微笑を彩《いろど》っていった。風鈴の音が途絶えると蟬時雨《せみしぐれ》がわきあがり、そのかわるがわるの合奏の中で二人は長いことそうしていた。郷子は今このとき、本当にただ江津子が少しでも長く生きられることだけを願っていた。奇跡が起こり、もう一度自分と同じだけの生涯《しょうがい》が江津子にも与えられることを——そして奇跡の起こらない分を自分の夫で埋め合わせてやるのだと思った。

ドアにノックがあった。買物に出かけた将一が戻ってきたらしかった。

「三十秒だけ待って」

江津子はドアにむけて大声を張りあげ、「私が承知したとだけ言って下さい」小声で頼み、その左手で郷子の左手をとった。

「男同士みたいに右手で堂々と握手ってわけにはいかないけど……」

「男同士でも堂々となんて、そうはいないわよ」

郷子は、江津子の握る力に自分の力を結び、立ちあがってドアを開いた。

近々再び新郎になろうという男は、スーパーの袋を抱えて突っ立ち、どういう顔をしたらいいかわからないのか、突然ニッと笑った。

八

結婚式は手術の三日前におこなわれた。式といっても病院の地階にある食堂を借り、医師と看護婦、それに患者仲間が集まるだけの簡素なもので、患者と医師の親睦会《しんぼくかい》を兼ねていた。前にも身寄りのない患者同士が同じ形で式を挙げたとかで、若い看護婦三人が幹事となり、ジュースや食べ物から飾りつけまでを手際《てぎわ》よく準備してくれた。

式とパーティは午後六時から八時までの二時間の予定だった。郷子は早めに社を出たが、途中デパートの買物で手間どり、着いた時は壁の時計の針は六時に切迫していた。会場にはもうほとんど全員が集まり、天井を埋めた色とりどりの旗の下に熱気が渦巻《うずま》いている。患者は皆パジャマかガウン姿、医師たちは白衣で、新郎新婦を除いては、近くの教会から呼ばれたらしい神父と葡萄酒色《ワイン・カラー》のワンピースを着た郷子だけが特別に見えた。「副院長遅いね、仲人《なこうど》だろ」という一人の医師の言葉に婦長が「先生の腕時計、いつも十分は遅れてるのよ」と答えている。その肩ごしに将一は、郷子を見つけると片手をあげた。

江津子はミディ丈の花柄《はながら》のワンピースに、副院長の娘から借りたという白い花模様のヴェールだけが花嫁らしい装《よそお》いだった。郷子も精いっぱい顔を装ってきたつもりだったが、初めて見る江津子の化粧した顔は、瞳《ひとみ》の光が活《い》きて、十年前に式を挙げた女と今初めて式を挙げようとしている女の落差をはっきりと見せつけた。江津子は患者仲間から贈り物を貰《もら》っている。郷子は何も用意してこなかった。今二人の女の傍《そば》で照れかくしに矢鱈《やたら》、髪をかきあげている男だけが、郷子の新婦への心づくしだった。

郷子は江津子に「綺麗《きれい》よ」と言い、誰《だれ》からかの借り物なのか紺の真新しい背広を着た将一をざわめきの片隅に呼び、デパートで買った二人分の指環《ゆびわ》を渡した。

「代金は自分で出してよ」

郷子は新郎の財布から三万を徴収すると「それからこれ……」白い封筒をさしだした。

「保証人二人はそちらで探して」

将一はちらりと中身を改め、思わず振りむいた。郷子は決まりが悪くなって目を外らした。「いろんな女が見える」といった将一の言葉を思いだしたのだ。二人は人々の話し声のはずれでしばし無言だった。

「……俺《おれ》、ラヴレター貰った……」

「馬鹿《ばか》ね。離婚届じゃないの。あんたの分の印鑑も押しといたから」

将一は封筒を胸にあて、首をふった。

「ラヴレターだよ。俺、こんな凄《すご》いラヴレター初めて貰った……」

郷子をじっと見つめる目に潤《うる》むものがあった。

「やめてよ。今までだって大事な時はいつも笑って逃げてきたじゃない……」

将一はひょいと首を折って肯いた。直立不動で立たされていた生徒が教師からやっと許しを得たような大袈裟《おおげさ》な肯き方だった。新しい背広で顔まで新調に見える将一を、郷子は眩《まぶ》しそうに見あげた。ざわめきは耳に届かず、郷子はただ、あの朝花を踏むようにそっと遠ざかっていった将一の下駄音《げたおと》だけを聞いていた。

「それ、誰の背広?」

「生意気な研修医から奪ってやった……」

二人はちょっと見つめ合い、笑い合った。

やっと副院長夫婦が到着し、副院長はまっ先に新婦のもとへ行きその体を気遣った。カセットデッキが奏《かな》でるワーグナーのローエングリンと共に式は始まった。小学校の誕生会のような場に、それでも神父の声が神聖な雰囲気《ふんいき》を流した。式の間は蠟燭《ろうそく》の炎だけを点《とも》すといういかにも若い娘の幹事らしいロマンチックな演出があり、淡い炎と白いヴェールの二重の帳《とばり》に包まれた江津子の横顔には、今この一瞬の燦《きらめ》きだけを生きている人の美しさがあった。小柄な江津子は背丈の点でも将一と釣合《つりあ》いがあった。看護婦に混じって座った郷子は夫の結婚式に立ち会っている自分を夢のように感じながら、夫が先刻言ったラヴレターという言葉をしきりに思いだしていた。

愛が本当に、将一の言うように、相手に一番やりたいことをやらせる勇気なら、自分との鎖を断って相手に完全な自由を与える優しさなら、確かにそれは一通のラヴレターだった。十年前結婚した男に、郷子はその一枚の紙で初めて熱い胸のたけを告白したのだった。

三月の末に江津子も将一にラヴレターを書いた。優が書いた人生相談の手紙も、母親と父親への愛を訴えたラヴレターだったのだろう。そして将一が窓ガラスに描《か》いたマニキュアの花片《はなびら》もまた——家を出る前に字の下手な将一は、絵の形を借りて、妻や子供への熱い愛の言葉を書き遺《のこ》していったのだろう。

宴会は闌《たけなわ》だった。患者の中には江津子と同じように残された生命の短い人もいるのだろうが、そんな暗い気配はどの顔にも微塵《みじん》も感じられなかった。紙皿《かみざら》の上のケーキや、天井から吊された色電球や埃《ほこり》を薄くかぶった造花。クラッカーの爆《は》ぜる音や人々の笑い声。誰もが神の微笑にも似たこの宴を心底より楽しんでいるように見えた。

何番目かに郷子も、新郎の従姉《いとこ》としてスピーチの指名を受けた。

「私の弟のような男と妹のような女が結婚しました。二人の結婚生活には普通の夫婦のような長い歳月は許されてませんが、でも十年一緒に暮しても意味もないまま終わる夫婦もいます。一日一日を大事にして下さい」

結婚式用の月並みな歌を少し上ずった声で歌いながら、郷子は胸の中では鉄幹の詩の「わが歌ごえの高ければ」という一節を思いだし、繰りかえしていた。

「われに過ぎたる希望《のぞみ》をば
君ならではた誰《たれ》か知る」

下唇を咬《か》んで変に生真面目《きまじめ》な目をした将一の隣で江津子は微笑していた。その微笑の下に隠されたものを知っているのは自分だけだろうと郷子は思った。そして夫の結婚式に列席し、結婚を祝福する歌を笑って歌っている一人の馬鹿な妻の本当の気持ちをわかってくれているのは、夫その人よりも江津子の方なのだろうと。

九

将一が電話をかけてきたのは江津子の手術が終わった二週間後だった。

「悪いけど、今からすぐ来てくれないか」

手術後の経過は順調だったし、二週間の間に四度元気そうな江津子とは会っていたが、将一の声で郷子には何が起こったかすぐにわかった。社を走り出て、タクシーに飛び乗った。八月も末であった。最初の予想だった半年より一か月早かったが、それは何の意味もないように思えた。田島江津子という一人の女は、あの結婚式の、二時間の燦きのためにだけ三十何年かを生きたのだろう。

病室に将一の姿はなかった。医師と看護婦の白衣が、ベッドとその上で目を閉じている江津子の白い顔を囲んでいた。そのまま意識を戻さず終わると思われたが、最後に江津子はかすかに目を開き、視線をさすらわせた。そして郷子を見つけると一瞬小さな表情をつくり、すぐにまた目を閉じた。郷子が、今江津子は微笑したのだと気づき、微笑《ほほえ》み返そうとした時、医師が臨終を告げた。病室にとびこんだ時目にした窓のむこうの入道雲は短い間に形を崩し、花火の余韻に似た筋を青空にひいていた。一人の死の傍に、いつもと変わりなく、風は流れ、風鈴は鳴り、カーテンは揺れていた。手を組ませようとして郷子は、江津子の薬指に指環がないことに気づいた。わずか二週間の結婚生活の痕跡《こんせき》が、白くまだぬくもった指にかすかに残っていた。

看護婦に尋ねると、将一なら高崎の親類に連絡を頼んで三十分ほど前に出ていったという。

郷子は優に電話を入れ、今夜は遅くなるからと言っていろいろ指示を与え、「お父さんがもしそっちへ帰ったら病院へ連絡くれるように」と頼んだ。将一が家へ戻るはずがないとはわかっていたが万一のためだった。

高崎から叔父と名乗る男とその息子らしい若い男がやって来たのは、夏の空がいつの間にか暗くなった頃《ころ》だった。郷子がただの友達と偽り、後は二人に任せて廊下に出ると、受付の娘が「電話がかかってます」と呼んだ。

電話は優からで「お父さん、またやったみたい」ませた溜息《ためいき》をついた。今警察から連絡があって、将一がまた池袋の酒場で酔って暴れたのだという。

郷子は急いでタクシーを拾い警察署に乗りつけたが、将一は相当な器物破損をやっているので、明日の朝取り調べが済むまでは帰せないという。一晩のどうしようもない悲しさを檻《おり》に閉じこめたくて将一はわざと泥酔《でいすい》したのだろう。

家族が死んだのでちょっとだけでも会わせてほしいと郷子が言うと、巡査は迷惑そうな顔をしながらも地下へ案内してくれた。コンクリートの冷たさと夏の暑さが薄暗い中に混ざりあい、鉄格子《てつごうし》のむこうに、世間と履歴書から放り出された場所に蹲《うずくま》っていた将一は、足音に顔をあげ、立ちあがった。

「午後三時四十分……でもあの先生の腕時計遅れてるから……」

郷子の言葉に将一は肯き、笑おうとしたが、顔を上手《うま》くつくれず、舌打ちをした。目が赤かったが酔いのせいか潤んでいるせいかわからなかった。酔い潰《つぶ》れた男が二人、のんびりと鼾《いびき》の合奏をやっていた。

「最後に綺麗な顔で笑った……あんたに見せなくてよかった。あんな綺麗な顔、一生忘れられなくなるから」

将一はポケットに手をつっこみ「あいつ俺たちのこと知ってたんだよ。昨日の晩、これ君に返してくれって……それだけ言っただけだけれど」隠しておいたらしい指環をとりだした。

「そうよ、あの女《ひと》全部知ってた。私、あの式の前に敵と手を結んで、あんたを騙《だま》すことにしたの。こっちの手……」

郷子は左手で鉄格子を握った。将一の手がその手に重なった。郷子は力を籠《こ》めて指を将一の指に絡《から》めた。今確かにあの女《ひと》は、田島江津子は死後の人生を掴《つか》んでいるのだと思う。江津子はあの時、自分の生命を少しだけ郷子の左手に遺すためにああも強く握りしめたのだろう。郷子のために右手を遠慮した。郷子の右手が今度こそ将一との結婚生活を確《しっか》りと握るためにあることを、あの女《ひと》は知っていたのだ。将一のもう一方の手に、郷子は自分の右手を重ねた。巡査が早く切りあげてくれと催促するように鍵《かぎ》束《たば》をガチャガチャいわせた。

「戻ってきてくれるわね」

将一は黙って首をふった。

「わかってた……鎌倉に行った時から、あんたが、江津子さん死んでも家へは戻ってこないつもりだったこと……こんな勝手なことやってそれで平然と家へ戻ってこれるような卑怯《ひきょう》な男じゃないこと……でも」

郷子は将一から目を外らさなかった。

「でも私、あんなラヴレター書いたじゃない。あんな凄いラヴレターもらって心動かさなかったら、最低の男だわ」

その言葉とともに、それまで忘れていた涙が目に溢《あふ》れた。

紅《あか》き唇《くちびる》

「日本の道路には中古のほうがなじむんですよ。何も高い金だして新車買わなくても」

和広《かずひろ》のその言葉で決心がついたのか、客の、まだ学生らしい若者は、もう一度フロントガラスの二十二万の貼《は》り紙《がみ》をながめてから、「買うよ」もっさりした口調で答えた。

和広の言葉は、ただの商売用ではない。日本の道路には、中古車のほうが似合うのだと、この頃《ごろ》では本当にそう考えている。それは高速道路やら立派な道路も多くなったが、まだまだ動脈硬化して、角から角まで短く息ぎれする道路には、風景としても少しくたびれた車のほうがいい。大学卒業後六年勤めた広告代理店の倒産後、杉並区のはずれの小さな中古車センターに勤めだして二年が経《た》ち、やっとそんな言葉で今の仕事を納得するようになった。

倒産の少し前には、結婚にもしくじっている。初めのうちは、無理にも中古車に愛着をもつことで、三十前の若さですでに先細りしはじめた人生を弁解していたのだが、最近は、強がりでなく中古車の魅力がわかってきたと思う。人間とおなじで車も多少傷があり、のんびりしてる方が安心して身をまかせられるところがある。なにも青信号にかわると同時に勢いよくとびだすだけが人生ではなかった。

結婚の失敗といっても、会社の倒産同様、和広にはなんの責任もなかった。半年の交際で結婚した文子が、結婚三か月目に子宮外妊娠で死んでしまったのだから、これも不運としか言い様がなかった。妻という呼び方も実感にならないうちにあっけなく死に、その死も実感にならないうちに、倒産騒ぎとなった。

実際、一昨年から今年のはじめにかけては、不運の連続だった。新妻の死と会社の倒産と相次いで負ってしまった気持ちの傷も癒《い》えかけて、やっと中古車の販売という仕事にも慣れかけたころ、今度は自分も体に傷を負ったのである。今年の一月だった。自転車でアパートに戻《もど》る途中、ダンプと衝突したのだった。これも和広にはわずかの責任もなく、一方的に相手の不注意だった。生命に別状はなかったし、一か月の入院生活で以前通りの体にもどったが、脇腹《わきばら》に一尺ほどの傷をつくってしまった。

最初のうちは、傷が痛むたびに気持ちが暗くなったが、今から思えば、事故はかえって良かったのである。諦《あき》らめだったのか、開き直りだったのか、傷ものになった体でとことん傷ものの車につきあってやろうとそれまで半端《はんぱ》だった気持ちにけりがついた。

負った傷もみんな過去だと割りきってしまえば、今の生活には何の不満もなかった。経営者の夫婦は親切にしてくれるし、従業員が一人で、忙しいぶんだけ給料もよかった。

ただ一つ、この間うちから再婚問題でこじれていることがあって、それだけが目下の心配ごとなのだが、それも成りゆきにまかせればいいと思っている。人生は先細りしているが、そのぶん、気持ちは太くなった。

「あと二万。安くならないかなあ。こんなひどい傷あるんだし」

事故の直後なら聞き流せなかった言葉にも、

「仕方ないなあ。じゃあ二十万」

笑顔で答えた。中古車にも運不運がある。その千ccの国産の小型車は運に見離されたくちである。性能は悪くないのだが、赤の塗装がはげているうえにボンネットに目だつ傷がある。そのせいか客たちは安値に一度は目をつけるものの、いま一歩のところで皆渋い顔になった。渋い顔が車の傷より自分の体の傷に向けられている気がして、「傷があっても性能はいいけど」一時はムキになって答えたりもしていた。

買い手が見つかり、やっと自分の将来が拾われたような気がして、

「事務所の方へ来て下さい」

機嫌《きげん》よく声をかけたところで、事務所のドアが開いた。

「安田さん、アパートから電話。おかあさん倒れたって……」

経営者の奥さんに大声で呼ばれた。

「慌《あわ》てて帰ってくることないんだよ。あの人なんでも大袈裟《おおげさ》なんだから」

和広が部屋にとびこむと、窓辺にかけ布団《ぶとん》だけで横になっていたタヅは、起きあがって早速文句を言った。

あの人とは、結婚してこのアパートに来て以来つき合いのある隣室の奥さんである。タヅが晩御飯の買物からもどって廊下でうずくまっているのを見つけ、慌てて事務所へ電話をかけてくれたのである。

「ただちょっと立《た》ち眩《くら》みしただけじゃないか。あ、そうだ。晩御飯の支度。鰺《あじ》のたたき買ってきたんだけど、冷蔵庫にいれるの忘れてた。悪くなっちまう」

「寝てなよ。俺《おれ》に気、遣うことないから」

「気を遣ってるのは和さんの方だろ。べつに血相変えて素っとんでくることないんだ

よ。私ゃ、預かり物じゃないからね。他《ほか》に行くとこなくて押しかけてきたんだよ。どこで死んだってあんたの責任なんかないんだから。ほら、汗だくじゃないか」

額にのせていたタオルを投げてよこし、扇風機を和広のほうに回して、制《と》めるのも聞かず、台所へ立った。

母といっても「義」という余分の一字がある。死んだ文子の母親であった。梅本タヅ、当年六十四歳。家庭運がなく戦前、昭和十年に栃木《とちぎ》の片田舎から出てきて神田《かんだ》裏の小さな旅館の一人息子に嫁いだのだが、この結婚は不幸なものだった。祝言《しゅうげん》間もなくに、亭主《ていしゅ》には気の強い姑《しゅうとめ》に無理矢理裂かれた先妻と子供がいることがわかった。亭主は半月も経たぬうちに、姑やタヅの目を盗んで先妻のもとへまた通いだした。それでも働き者のタヅは、姑には気にいられて、戦争の始まる前年には長女の靖代《やすよ》もできたのだが、開戦とともに姑が死に、同時に亭主はこれで邪魔者がいなくなったとばかりに先妻のもとに入り浸り、赤紙こそ来なかったが召集されたも同然であった。

戦時下のせいもあったが、タヅ一人ではいくら頑張《がんば》っても旅館は切りまわしきれず、結局人手に渡し、知り合いの旅館の賄《まかな》いに傭《やと》ってもらい、子供を育てた。空襲で先妻が死ぬと、復員したように亭主は戻ってきたが、坊ちゃん育ちだったからだろう、仕事の甲斐性《かいしょう》は全くなく、二十八年に文子が産まれると同時に酒の飲み過ぎで胃潰瘍《いかいよう》を患《わずら》って死んだ。後は印刷工場、牛乳工場、行商と三つの仕事をかけもちし、タヅは馬車馬のように働いて、何とか女手一つで二人の娘を育てた。

戦後間もなくに男の子供もできたのだが、それは死なせている。軽い熱と考え、背負って行商に出た中途の道で、ふと背中が軽くなったような気がしておろしてみると子供はもう虫の息だった。付近には民家も見当たらず、風の強い田舎の一本道にしゃがみこんで、栄養失調のために満足に出ない乳を必死に絞って子供に飲ませたという。

「苦労はしたけど、働くのは嫌《きら》いじゃないからねえ」

機嫌のいい時に思い出したようにする身上話をいつもそんな口癖で締めくくった。

実際、家庭運は悪かった。

長女の靖代は中学の頃から洋裁学院に通い、高校卒業後は洋裁を教えて暮しを助け、六年前には大久保駅裏に三階建ての洋裁学校を開くほどになったのだが、その婿《むこ》が亭主よりもう一つ困った男で、自分は靖代の稼《かせ》ぎでヒモ同然に暮しながら、自分たちの結婚を反対された恨みがあってタヅを毛嫌いし、辛《つら》くあたった。靖代もまたその時の恨みをしつこく忘れず、人から先生と呼ばれる手前、人前では親孝行の真似《まね》も見せるが、陰では夫の味方について血を分けた娘とは思えぬ物言いをした。

それでも孫の世話をしていたうちはまだよかったが、孫が手を離れると、もう用はなくなったと言わんばかりの態度を見せるようになった。タヅはタヅで負けておらず、「亭主運も悪かったけど、婿運はもっと悪かったねえ」気強く言い返すから喧嘩《けんか》が絶えなかった。

「あれでは母さん可哀想《かわいそう》よ。私も働くからもう少し広いアパートへ移ってこっちへ引き取ってもらえないかなあ。母さんあなたのことは気に入ってるようだし、あなたとなら上手《うま》くやっていけると思うけど」当時文子に言われて和広は「俺は構わないけど」そう答えたのだが、そうこうするうちに文子は死んでしまったのである。

文子の一周忌に、供養《くよう》を口実にしてタヅはトランクと風呂敷包《ふろしきづつ》みをもってやってきた。そして、文子が自分の名義でかけておいてくれた生命保険がおりたからと言って、二千万近い記載のある預金通帳をさしだすと、「悪いけどこの金でさあ、ここで文子の位牌《いはい》守りながら暮させてもらえないかねえ」突然に言った。この頃は孫までが親の真似をして馬鹿《ばか》にする、とうとう大喧嘩の末に飛びだしてきたのだという。「これだけありゃ老人ホームにも行けるけど、文子の位牌と一緒に暮したくてねえ」そう言うタヅに、和広は預金通帳を押し返した。

「やっぱし老人ホームなんだねえ」

「いや」文子は死ぬ間際《まぎわ》まで母さんのこと心配してたし、これは文子の生命と引き換えの金だからもっと大事な時に使ってもらいたいと言って和広は、小さな仏壇の文子の写真を見た。

「文子と二人で暮すためにこのアパートに来たんだけど、文子、こんなに小さくなっちゃったから――義母《かあ》さんに場所残してったんじゃないかな」

タヅはしばらく信じられないといった顔で和広の顔を見ていたが、やがて目に皺《しわ》を集め、

「文子、男運はよかったけど、命の運がなかったんだ」

滲《にじ》んだ涙のぶんだけ、荒っぽい怒ったような口調で言った。

これが去年の夏で、最初はいくら仲が悪いといっても親子だからそのうちに戻っていくだろうと思っていたのだが、結局大久保からは何一つ連絡がないまま、タヅは一年、和広の部屋に居座ってしまったのだった。

大久保の義姉夫婦の冷たさは、和広も、文子の葬儀の席で、まるで自分が文子を殺したも同然に言われ、知っていたが、一緒に暮し始めてすぐ、責任はタヅにもあることがわかった。

後家の頑張り同然に半生を暮してきたタヅは負けん気が人一倍強く、隣の奥さんや管理人、御用聞きまでにちょっとの事で喧嘩腰になり、ムクレ顔になる。だが反面人

の好《い》いところがあり働き者だから、朝早くに起きて、アパート中の廊下の掃除から表の溝《どぶ》さらいまでやり、住人のホステスを「あれは化粧だけでなく面《つら》の皮まで厚いよ」悪《あ》し様《ざま》に言いながらも風邪をひいたりすると親身に世話を焼いたりするから、皆、気の強さには目を瞑《つぶ》ってくれていた。

尋常小学校にあがった頃から田圃《たんぼ》に出て大人顔負けの仕事をしていたというから、中背ではあっても肩は男のように張っていて、土焼けた腕は和広より太かった。裁縫や料理などの細々《こまごま》とした仕事は駄目《だめ》で力仕事が得意だった。二間《ふたま》と台所だけの部屋でどんな仕事があるのか、六十四とは思えぬ大きな足音をたてて絶えず動きまわっている。だが動きまわっているわりに細かい女らしさが全く欠けているから、部屋は和広一人の頃より乱雑になった。

しかし、和広は不満を言わなかった。

最初のうちは、同情だったと思う。和広の言うことなら、多少ムッとした顔を返すことはあっても我慢して聞くし、いかつい手でそれなりに一生懸命弁当をつくっているのを見ると、ここを出たら他に行き場所がない、人生の最後の場所を必死に守ろうとしているのだと思えて、強《きつ》い言葉は口に出せなかった。

同情や遠慮だったものが、しかし、一年も経つうちにごく自然なつながりに変わってきた。

今年に入ってすぐの事故が却《かえ》って良かったのかもしれない。ベッドの上の和広は身構えることなく我儘《わがまま》な言葉を口にできたし、タヅは文句を言いながらもそんな我儘を喜んで甲斐甲斐しく面倒をみ、傷口が合わさるとともに、二人の関係にも縫い合わされたものがあった。退院してからの和広は、このまま大久保から何の連絡もなければ、この人の死に水は自分がとってやろうと気持ちを決めるまでになっていた。

もとより和広の方も家庭運に恵まれていない。母は子供の頃死に、父も大学を出る頃には死んだ。郷里の信州に住む兄夫婦とは結婚式の時以来もう何年も連絡をとり合っていないし、結婚したばかりで文子を失った。多少の縁をよりどころに、他人同士が親子のように暮すのも悪くないなと思っていた。

そうは言っても、「義」の一字は気持ちの底に隠れて引っかかっている。倒れたと聞いて慌てて駆けつけた気持ちのどこかに、この人は預かり物だから——他人行儀の義務感があった。

「仕事の方、良かったのかい。おっ放《ぽ》りだしてきたんだろ」

「いや、どっちみち帰っていい時間だったから」

折角決心をつけた客が、「車買う時に人が倒れたなんて縁起でもないよ」若いに似ずそんな言葉を吐いて、結局また赤い車を売り損なったことは黙っていた。

和広が制《と》めるのも聞かず、タヅは起きあがって卓袱台《ちゃぶだい》に食事の用意を並べ、自分はいつも通り和広の半分ほどの惣菜《そうざい》で掻《か》きこむように食べ終えると、

「今夜はもう寝させてもらうよ。昨日暑くて眠れやしなかったから」

布団を敷き、横になった。

「薬、買ってこようか」

和広が食べ終えて声をかけた時、電話が鳴った。受話器をとるなり、「何よ。家にいるんじゃないの」浅子《あさこ》のカン高い声が耳を破ってきた。

浅子と夕方待ち合わせていたのをすっかり忘れていた。もう三十分は過ぎている。

義母さんが倒れたからと詫《わ》びると、

「私と逢《あ》うこと知ってたから、わざと倒れたんじゃないの。いいわよ、もう」

一方的に電話は切れた。

「あの子だろ？　私はいいから、今から行ってきなよ」

「大丈夫だよ。明日また電話するから」

和広の顔色を探り、タヅはごまかすように目をつぶり、背をむけた。

まだ和広が再婚を決心したわけでもないのに、浅子とタヅは既に嫁と姑の争いをし

ている。タヅが死んだ妻の母親であるだけに関係はややこしかった。

浅子は、和広が入院中世話になった看護婦である。美人ではないが笑うと目に愛《あい》敬《きょう》があり、最初はタヅの方で気にいって「いろいろよくしてもらったお礼に家へ遊びにきてもらおうよ」と言いだしたのである。

「いい子だねえ、笑うと文子に似てないかい、両親がないっていうけど苦労してる子はどっか違うね。和さんもこのまま一人ってわけにはいかないだろ。文子の一周忌も済んだし、どう真剣に考えてみちゃ」そう言ったし、浅子は浅子で二十八という年齢ではそんなに贅沢《ぜいたく》もいえないと思っているのか「三か月で病死なら、独身と同じよ。それにあのお婆《ばあ》ちゃんとなら一緒に暮してもいいわよ。友達がいってたけど多少気が強くても姑さんは口うるさい方がいいって……陰険に黙りこむタイプが一番困るって」積極的に出て、二人に押された恰好《かっこう》で和広もやっとその気になりかけたところ、突然、タヅの態度が変わった。

「ちょっと図々《ずうずう》しすぎるんじゃないかい。もう奥さん気取りだよ」毎週日曜に訪ねてくる浅子を悪く言い始め、和広が浅子の名を出すと嫌《いや》な顔になり、とうとう一か月前の日曜日、浅子が作って並べたフランス風の料理に「文子はこういう料理下手だったねえ、でもそれで良かったんだよ。和さんこういうコマしゃくれた料理好きじゃないから」露骨な言い方をし、浅子は顔色を変えてアパートをとびだした。それ以後は、タヅに内緒で外で会っているのだが、「ちゃんと実の娘がいるんでしょう。なんであなたが面倒見なきゃいけないのよ」浅子もタヅに完全に腹を立てていた。それでも和広に未練があるらしく「交際をやめる」という言葉は出さなかった。

和広も、この二年の不運続きのうちに将来のことには神経をピリピリさせず、現在にのんびりする癖がついて、もう少しこの不均衡のまま様子を見ようと思っている。浅子も勝気すぎるところは困るのだが、タヅに似て根本的な所では悪い性格ではなかった。

「来週は文子の命日だろ……三回忌だから大したことはしないけど、浅子さんにも来てくれるように、明日会ったらそう言っとくれよ」

タヅの岩のような背が、ぽつんと言った。

六十四まで丈夫な体だけが取柄《とりえ》でやってきたタヅには、倒れたことがやはり大きな衝撃だったのか、珍らしく弱音を吐く恰好だった。

風鈴が鳴った。

夏の夕風には、隣の石鹸《せっけん》工場の薬品くさい匂《にお》いが混ざっていた。

「俺、あの人見てると可哀想な気がして」

和広はまだ不機嫌な顔をしている浅子をテーブル越しに見て言った。

「茶碗《ちゃわん》なんか凄《すご》い力で洗うからすぐ割れちゃうんだよ。洗濯《せんたく》も洗濯機じゃ洗った気しないからって手で洗うんだけど、あんまり力いれるから、下着なんかすぐ擦り切れて……台所の床なんかも一日に何回も雑巾《ぞうきん》かけるからこの頃《ごろ》合板が剝《は》がれてきてる。壊すために働いてるんだなあ。そういうの見てると家族のために自分の一生犠牲にしてガムシャラ働いてきたのに、最後には俺みたいな他人に世話になる他《ほか》ない理由わかる気がする」

「和広さん、死んだ奥さんのことまだ愛してるのよ。まだ愛してるから、その人のお母さんにこだわってるのよ」

「愛情だなんて……たった三か月だったんだ、死んだからって泣くわけにもいかなかったよ。それに俺があの人の面倒見ようって気持ち、もう文子の母親だってことと関係なくなってるから」

浅子は黙って、ストローでアイスコーヒーに息を吹きこんでいる。ぶくぶくと音をたてる泡《あわ》で胸の中のものを吐きだしているように見えた。

「この間のことだって自分では悪いって思ってるんだよ。そりゃ口には出さないけど、来週文子の命日に来るように言ってほしいって」

浅子は最後に一つ大きな泡をつくって、

「それだって、死んだ文子さんの写真見せつけるためじゃないの」

「そう何でも悪く考えるなよ」

浅子は目の端でちらっと和広を見て、

「中古だもん。のんびり一人で運転したいわよ」

拗《す》ねたように言った。煙草《たばこ》に火をともそうとした和広の手がとまった。

「中古って、俺のことか？」

結局喧嘩になってしまい、和広は喫茶店をとびだすと繁華街のパチンコ屋に入った。タヅと一緒に暮すようになってから、何か腹の立つことがあるときは、それを鎮《しず》めてから帰ることに決めていた。

空《あ》いた台を探していた和広は、隅《すみ》の席にタヅに似た後ろ姿を見つけ、足を停《と》めた。いや確かにタヅである。見慣れた浴衣地《ゆかたじ》の服の後襟《うしろえり》には下着が覗《のぞ》いている。銭湯の帰りにでも寄ったらしい。椅子《いす》に座って玉を打ちこんでいる膝《ひざ》には洗面器がのっている。太い節くれだった指を器用に動かし、受け皿《ざら》には溢《あふ》れるほどに玉が溜《たま》っている。和広は前にタヅが煙草を三十箱近くまとめて買ってきたことを思いだした。月末の金の少ないときにおかしなことをするなと思ったが、これだったのだ。

和広が黙って隣に座ると、タヅは驚いて、ちょっときまり悪そうな顔をしたが、

「今夜遅くなると思ったから。貧乏性だからねえ、指でも動かしてないと――浅子さんと逢わなかったのかい」

和広が肯《うなず》くと、

「――嘘《うそ》だろ。逢って喧嘩でもしたってとこだね」

「どうして？」

「機嫌《きげん》の悪い時、顔に出ないように気い遣うだろ？　すぐわかるんだよ。めったに笑わない人が笑顔になるからね」

「上手いじゃないの。教えてもらおうかな」

和広は笑顔をとめると慌《あわ》てて話題を外《そ》らした。

「二十年もやってれば誰だって上手くなるさ」

「へえ、知らなかったな。仕事することしか知らない人だと思ってた」

「私だって、あんたみたいな真面目《まじめ》な人がこんな所来るなんて思わなかったよ」

「俺《おれ》の方はまだ二年――文子の葬儀の次の晩が初めてだったから」

「じゃあ似てるんだ――私も亭主《ていしゅ》が死んだ晩に文子背負ってやったから。その前から

辛《つら》くて泣きたいときにはよく行ってたけど……みんなに背向けてるし、喧騒《うるさ》いだろ。少しぐらい声出して泣いたってわかりゃしないから。でもあの晩は泣けなかったねえ。あんな亭主でも死んだんだから涙の一つぐらい流してやりたいと思ったんだけど……そいでこうやって玉を目ん所狙《ねら》って打って……」

和広が覗きこむと、台のガラスに薄い影で映ったタヅの顔の目のあたりを玉は巧みに切って、銀の雫《しずく》となり落ちていく。次々に落ちる銀の雫は時々きらきらと光を放ち、本当にタヅの目から涙でも流れだしているように見えた。

「こうやって涙流してるつもりになってさ」

「俺も泣けなかったな。義母《かあ》さんには悪いけど文子あんまりあっけなく死んだんで、俺ピンとこなくて……葬式終わって一人になったらぼんやりしてね。泣きたい気持はあったし、泣かなきゃ三か月でも文子と一緒に暮したこと嘘になるような気もしたし……それでビール飲んで、安っぽい艶歌《えんか》なんか歌ってみたけどさあ……欠伸《あくび》した時みたいな涙がちょっとだけ……」

「短かったもの無理ないよ。でも泣きたいときに泣けないってのもねえ」

「結構辛いね、あれも」

和広はタヅを真似《まね》て台に顔を近づけガラスにかすかに映った自分の影を狙って玉を

弾《はじ》いた。タヅのように上手くはいかないが、それでも時々玉は目のあたりを切って落ちる。目を細くすると玉の形が消え、光だけが残りそれがだんだん本当の涙のように見えてくる。涙のひと雫がチューリップの花を開いて吸いこまれ、たくさんの雫に増えて、受け皿へとこぼれだした。

こんな泣き方もあったんだなと思いながら和広は黙々と玉を弾き続けた。影の頬《ほお》を切った玉だけが、不思議に花に命中し、じゃらじゃらとぎごちないがどこか澄んだ音で、いっぱいの銀色の光を流しだしてくる。受け皿が銀の光で満ちるとともに、和広の胸にも同じ光で溢れてくるものがある。文子が死んで二年、自分の気持ちを固く引き緊《し》めていたものがふっと緩んだ気がした。

溢れた皿から玉が一つ零《こぼ》れ落ちたとき、和広の目から自然に流れ落ちたものがあった。

「文子、いい娘《こ》だったねえ」

タヅの受け皿にも次々と銀の雫が流れだしている。

「ほんと、あんないい奴《やつ》いなかったよ」

「人間、良すぎると早く死ぬね。浅子さんはどうだろ? 私と同じで気が強いから長生きの口かねえ」

「長生きだな、あれは絶対」

「後に残ってパチンコ台で涙流す方かね……和さんも気をつけとくれ。人が良すぎるとこあるから」

「俺は大丈夫だ。トラックにぶつかっても死ななかったんだから。俺も後に残って涙流す方だよ——義母さん死んだら俺、このパチンコ屋へ来る」

受け皿から玉が溢れ落ち、「年寄りの機嫌《きげん》とるより若い娘の機嫌とっとくれ」憎まれ口を叩《たた》きながら、タヅは玉を拾い集めた。

「けど、命の運はあっても他の運はみんな悪いね、義母さんも俺も」

「運悪いけど、パチンコはよく出るね」

「ほんと、よく出る」

「浅子さんも運悪い口だ。よりによって一度奥さんもった男に惚《ほ》れるんだから。あの子、真剣に惚れてるよ。あんた見るとき昔の女みたいないい目するよ」

「目は惚れてても口は惚れてないね。中古だって言われたよ」

「仕方ないじゃないか。本当に中古なんだから」

「もういいよ、アレのことは」

「そうはいかないよ。和さんだって悪いんだ。若い娘の機嫌とるの下手だから。文子が結婚前に言ってたよ。もう一つ女の気持ちわかってくれないって——あんた浅子さんがどんな服着てるか目とめたことあるかい？　あの子いつも精いっぱいお洒落《しやれ》してるよ。それなのに和さん、全く知らん顔してるんだから。そういう所《とこ》、浅子さん淋《さび》しいんだよ。口紅の一本ぐらい買ってやりなよ」

「どうして口紅？」

タヅはひょいと屈《かが》みこんで落ちた玉を拾った。

「いつか言ってたから。口紅ぐらい買ってくれないかなあってさ」

「あの子、化粧してる？」

「ほらね、そんなんだから張り合いないんだ。ありゃ鏡と大格闘してきたって顔だよ」

「文子は口紅塗ってた？」

「つけてたよ。目立たない色だったけど」

「じゃあ、あん時——」

文子が死んだ時、タヅは看護婦から口紅を借りて死に顔に塗ってやりたいと言った。三か月の妻だった女の動かなくなった唇《くちびる》は、死に白く褪《さ》めて、和広にも淋しすぎるほどに思えたのだが、薄く微笑したままの安らかな顔を口紅の毒々しい色で潰《けが》すのも却《かえ》って痛々しい気がして、やめてほしいと言ってしまったのだった。塗ってやればよかったな、とふっと後悔が湧《わ》いたせいか、開いたチューリップが赤い唇に見えた。

「ま、文子のことはどうでもいいさ。浅子さんにもう少し気を遣っておやりよ」

タヅはそれだけを言って後は黙りこんで玉を弾き続けた。

二人で四箱貯《た》まった玉は、景品の雑貨やウイスキーに交換した。

その夜、タヅは和広につき合ってウイスキーを一口飲んだが「こんな煙草の脂《やに》みたいのどうして飲むのかねえ」口では文句を言いながらも結構いい気分になったらしく、先に布団《ふとん》を敷いて横になると低い声で歌を口ずさんでいた。今朝はもう早くに起きて、「大丈夫だよ」といつも通りにドタドタと荒っぽい足音で動き回っていたが、いま心なしかタオルケットから突き出した顔は小さくなったように見える。タオルケットも洗いすぎて、端の方は白い糸屑《いとくず》がささくれだっている。

体で支え通した一生もこんな風に糸屑の綻《ほころ》びを見せるようになってきたのだ。

「よく唄《うた》ってるね、その唄――」

和広はテレビの野球番組にスイッチを入れながら言った。いのち短し恋せよ乙女、紅《あか》き唇あせぬ間に、という唄である。テレビ画面の野球は白熱していて、アナウンサーの声と観衆のどよめきが入り乱れている。その騒ぎに隠れるように、いつもの嗄《しわが》れ

声で気持ちよさそうに歌い続けていたタヅは、

「いざ手をとりて、かの舟に」

で、不意に声を切ると、

「口紅って言や、豊《とよ》さんどうしたかねえ」

ひとり言のように呟《つぶや》いた。

「豊さんって？」

「戦争中に同じ旅館で働いてた人だよ」

自分は器量も悪いし力仕事しか能がないから裏方で賄《まかな》いをしていたが、豊さんの方は色白のほっそりとした美人で「ああいうのを柳腰というんだ」賄いをしながら客相手に座敷に出ていたりした、気だてもよく、ああいう女《ひと》を男は好くねえ、と前置いて、ぽつりぽつりこんな話を始めた。

その竜村《たつむら》という小さな旅館に戦前から時々泊りに来ていた若い少尉《しょうい》がいた。高円寺に新婚の弟夫婦と住んでいたが、夫婦水入らずにしてやるために家を明けてやっていたらしい。格別男前とはいえなかったが、眉《まゆ》の太い男らしい顔で切れ長の目に軍帽が似合い、怒《いか》った肩に軍服が似合っていた。

タヅが嫁ぎ先の旅館を人手に渡し、幼ない靖代を連れて竜村に住みこんだころから、その少尉と豊とは好き合う仲であった。好き合うといっても、だが二人は言葉一つ交わすというわけではなかった。いつも鯱《しゃちほこ》ばっている少尉は豊の顔を見ると、いっそう銅像か何かのように堅くなって、天皇陛下に謁見《えっけん》でもしたような最敬礼を送るだけである。豊の方も、日頃、他の客には愛想のいい言葉もかけられるのに、少尉が来ると恥かしがり自分が賄いの仕事をして、タヅに少尉の食事などの世話をさせた。

それでも惚れてる証拠に、タヅが部屋から戻《もど》ってくると、少尉の様子をお茶の飲み方一つまで気にして豊は尋ねてくる。少尉は少尉でタヅとは親しげに言葉を交わす、その端々に豊のことをちらちらと心配そうに尋ねてきた。タヅには焦《じ》れったいほどで、思いきって豊のかわりに気持ちを伝えてやろうかと何度思ったかしれないが、豊がそれだけは絶対にやめてくれ、そんなことをするなら裏の川に身投げすると言う。川といっても脚の半《なかば》ほどまでの深さの貯水なのに、豊は真面目な顔であった。

一年が経《た》ち、戦争も激化して少尉の部隊もいよいよ戦地に旅立つことになった。少尉は最後の一日を竜村へ過しにきた。タヅには靖代の好きなビスケットの罐《かん》を最後の土産としてくれ、「それからこれはお豊さんに」自分が旅館を出たら渡してほしいと相変わらず無骨な口調で言って、小さな箱を押し出し、タヅに預けた。

その最後の晩、タヅはまだ恥かしがっている豊の手を無理矢理引っ張って少尉の部屋へ連れて行った。二人だけにしてやろうと立ちあがったタヅのモンペに豊は必死に縋《すが》って、「タヅさんもここにいてくれ」と訴える。少尉も両膝に置いた手を小刻みに震わせて「そうしてくれ」と言う。タヅは仕方なく座り直したが、少尉と豊は座卓を挟《はさ》んでうつむき加減にただじっと座っている。座がもたなくて、タヅは沈黙を埋めるために、調子っぱずれな声で花笠音頭《はながさおんど》や軍歌をわざと陽気に声を張りあげて歌った。下手な歌を少尉は褒《ほ》めてくれ、最後に「ゴンドラの唄」をやってくれませんかと言った。「いのち短し恋せよ乙女、紅き唇あせぬ間に、熱き血潮の冷えぬ間に」タヅは軍歌と同じように腕を振って歌った。

「後から考えりゃ、最後の晩だったんだからねえ、じっと黙ってるだけでも二人だけにしておいてやりゃ良かったんだけど……」

翌朝、少尉がひき払った後で豊に渡した小さな箱から出てきたのは、一本の口紅だった。あの無骨な少尉さんがどうして口紅なんか——タヅは驚き、豊も不思議そうにしていたが、やがて「そう言えば」と思い当たった顔になり、戦争が始まって間もない頃のことを話しだした。

冬の朝、豊は庭掃除をしていて、縁の下にがらくたの詰まった箱を見つけた。錆《さ》びた空罐や割れたガラス瓶《びん》に混ざって埃《ほこり》のたまった口紅が出てきた。底の方にかすかだがまだ紅の色が残っている。豊は小指でそれを掬《すく》いとり、縁側の硝子戸《ガラスど》を鏡にして唇にちょっとつけてみた。白い息で硝子はすぐに曇ってしまう。硝子を拭《ふ》き拭き、箒《ほうき》を杖《つえ》に必死に背のびして顔を映していたのだが、その時誰《だれ》かの視線を感じてふり返ると、厠《かわや》から出た所に少尉が立っていた。少尉は豊と目が合うと、慌《あわ》てて荒っぽい足音で縁を通りすぎていったのだが、きっとあの時のことを憶《おぼ》えていてくれたに違いない、と豊は言った。

この時世にいったいどうやって見つけだしてきたのか、口紅は蓋《ふた》の金色も真新しく目が染まるほど鮮やかな真紅だった。

数日後の朝、二人は東京駅の前へ行った。出征する少尉の姿を一目見たかったのだが、沿道は大変な人だかりで、豊より頭一つ高いタヅがいくら背伸びをしても行列の先頭に立った馬上の男しか見えない。

そのうちに少尉のいる部隊の名を誰かが叫んだ。その部隊が今すぐ前を通っているらしい。だが聞こえるのは軍靴《ぐんか》の音ばかりである。その軍靴も人々の声にとぎれがちであった。階段の上り下りに踏み板をどんどんと鳴らしていた少尉さんの足音はどれだろう。胸の引き千切られる思いがし、豊は泣きそうな顔で必死にタヅの腕に縋ってくる。

咄嗟《とっさ》のことだった。タヅは屈みこむと豊の脚の間に頭をつっこみ、体中の力をふり絞って立ちあがった。子供の頃にはもう米俵を持ち上げられたし、豊が小柄《こがら》であったとはいえ、大人の女を肩車にするほどの力をどうやって出したのか不思議だったが、その時は夢中だった。豊もわけもわからぬままタヅの首にしがみついてくる。豊の足がぐいぐいと鳩尾《みぞおち》に喰《く》いこんでくる。その痛みに耐えながら、ただ「万歳、万歳」と叫んでいた。やがて気が遠くなりかけ、力尽きて二人同時に道に倒れた。「見えた、見えた」後で聞くと見えたといってもいかつい肩の後ろ姿で、一瞬少尉らしい男だとわかっただけらしいが、その時はただそれだけでも大喜びし、万歳の声と日の丸の嵐《あらし》の中で、抱き合って泣いた。

半年後の夏、少尉のいた部隊が南の島で玉砕したという記事が新聞の片隅に出た。終戦のちょうど一年前だった。

「諦《あき》めてたんだろうね、豊さんも泣かなかったよ」

その日夕方にふらりと豊は出かけていった。一時間ほどで戻ってきた豊は白い紙袋の中に螢《ほたる》を二匹入れていた。豊はその晩床につく前に、初めて少尉から貰《もら》った口紅をおろして丁寧に唇に塗った。

「二人でこうやって……」

タヅはタオルケットから出した両手を胸の上で鬼燈《ほおずき》の形にふくらませて合わせた。その中へ螢を一匹ずつ入れて、夜明けまでわずかも動かずじっと横になっていたという。指の籠《かご》の透き間から時々光が漏れて夏の闇《やみ》に沁《し》みた。海の向こうで戦火が燃え血《ち》腥《なまぐさ》い殺戮《さつりく》がくり広げられているのが信じられないほど静かな夜だった。いや東京でさえいつこの静けさを空襲警報が破るかわからなかったが、どんなことがあってもこうやってじっとしていようと二人で約束し合った。

何も怖くなかった。空襲警報が鳴り、爆弾が落ちてきたとしてもそのまま黙って闇を見ていただろう。螢も二人の静寂を吸いとったようにじっとしている。豊のほっそりした指だけでなく、タヅの熊手《くまで》のような指までも螢は、ほのかな光で隈《くま》どり、美しく浮かびあがらせる。豊の手の光が消えると、タヅの手が光を滲《にじ》ませ、闇にかわるがわる二つの睡蓮《すいれん》の花が咲くようだった。夏の夜がしらじらと明け初《そ》めるまで、二人は何時間もそうして光の合掌を続けていた……やがて暁の光の中に最後の光を霞《かすみ》のように融《と》けこませ螢は死んでいった。

翌年三月の大空襲で竜村は焼け落ち、岡山の郷里に戻る豊を駅まで送っていったのが最後になった。

「どうしてるかねえ、豊さん今ごろ――」

呟いてから、

「黒髪の色、あせぬ間に……」

もう一度、一節を唄った。

「義母《かあ》さんもその軍人さん好きだったんじゃないの」

「私は、この通りだし、ちゃんと亭主も子供もいたからさ。でも優しい人だったよ。私にもいろいろ親切にしてくれて、靖代ともよく遊んでくれたし、食事の世話の一つ一つに礼言って頭さげて……ほんと、いい人は早く死ぬよ」

最後の言葉はあっけらかんと言って、胸の合掌をほどき、

「浅子さんに来週来るよう言ってくれたかい」

「言ったけどあの見幕じゃ来そうもないよ」

「いや――きっと来るよ」

言うと、この時テレビで挙がった歓声の全部を呑《の》みこむほど大きな欠伸をして「眠るよ。ああ、テレビはそのままでいいから」目を閉じた。

和広は散らかした卓袱台《ちゃぶだい》にもたれてぼんやりテレビの画面を見ていたが、野球が終わるとスポットニュースに「ホタル」という文字が出た。千鳥《ちどり》ヶ淵《ふち》に昨夜あたりから十数匹の源氏螢が小さな光を点《とも》して舞い、皆を驚かせているという。「終戦記念日が

近づいて戦死者の魂が美しく蘇《よみがえ》ったかのようです」アナウンサーが言った。画面は何かの葉にとまった螢を大きく映しだした。墨色の体の端から円光を放っている。

和広は戦争とは無関係な世代である。この一年タヅが時々する昔話で、教科書の活字とは違う生きた歴史をいろいろ教えてもらったが、実感にはならなかった。しかし偶然今聞いたばかりの話が気持ちに残っていたせいだろう、螢の点す火に、ふっと南の島で死んだという軍人の魂が重なって見えた。タヅを起こしてやろうかと思ったが、タヅは既にいつもの荒い寝息をたてている。

岩膚《いわはだ》のような顔は頑固《がんこ》に目と口を閉じ、さっき自分がした昔話などもう忘れてしまったように見えた。


結局、浅子は文子の命日にやってこなかった。「きっと来るから」とタヅが余分に注文した弁当は、和広が二人分食べ、午後に多磨《たま》霊園へ出かけた。

生命保険の金を使って買った小さな墓地である。安田文子と彫られた真新しい御影《みかげ》石《いし》の墓には既に誰か参った者があるらしい、新しい花がたててある。和広は大久保の義姉夫婦ではないかと思ったが、

「靖代達が来るもんか——あの娘《こ》だよ」

タヅは言った。そういえばいつか浅子が墓の場所を詳しく聞いたことがあるし、墓には花の他に罐の紅茶が供えてある。先週喫茶店で浅子が紅茶を頼んだとき、「文子も紅茶好きだったんだ」と言うと、浅子は慌《あわ》ててコーヒーに注文を変えた。

「やっぱり来たねえ」

自分の持ってきた花は隣の墓に飾り、しゃがみこんで長いこと念仏を唱えていたが、やがて浅子のたてた花をいじり直しながら、

「同じことやってるよ。豊さんと少尉さんなんだ。黙ってるかわりに喧嘩《けんか》して、でもお互いの本当の気持ち何も言えないってとこは四十年前の二人と同じだ。こんな風にこっそり花持ってくるしかないんだ。戦争中じゃあるまいしもっとはっきりできないのかねえ……また縁結びしなきゃならないよ」

黙って煙草《たばこ》を吸っている和広をふり返り、

「あの娘が口紅欲しいっていったときから、二人の縁は結んでやろうと思ってたけどさ」

自分の口で話を壊しかけたことなど忘れたように恩着せがましく言った。

和広は半分、冗談と聞き流したが、翌日の昼休みに弁当を食べていると、タヅがやってきて三十分ほどつき合ってくれと言う。タヅは車道と歩道の区別がない道路では、

真ん中を歩く。車が来ると避《よ》けるが、自然に足は真ん中に戻っていく。子供の頃田舎道を歩いた癖がまだ残っているらしい。サンダルからはみだした大足がコンクリートの下の土までもしっかり踏みつけて歩くのに従っていくと、タヅはパチンコ屋へ入った。

タヅはよく出る台を選んで、和広一人に打たせた。玉は面白《おもしろ》いほど出た。瞬《また》く間に箱半分ほどが貯まると、タヅはそれを景品交換所へもっていき、「どんな色がいい」棚《たな》を見上げた。初めて気づいたが、洗剤やインスタントコーヒーに混ざって化粧品が置かれている。タヅが聞いたのは口紅のことだった。十本近くが隅《すみ》に並んでいる。

「今から一人で浅子さんに逢《あ》ってこようと思ってね」

「いいよ。こっちから頭さげることないから」

「私はさげないさ。むこうにさげさせるんだから……どれがいいかね」

「俺《おれ》はわからないから」

「自分の好きな色でいいんだよ。どうせ気持ちだけなんだから」

「……一番赤いやつ」

仕方なく和広は言った。先週聞いた話の真紅の色がまだ気持ちに残っていた。「何も同じ色選ばなくても」というようにタヅは半分顔を顰《しか》め、半分笑った。簡単に箱を包ませ、パチンコ屋を出ると一人駅に向かった。節くれだった手でがっちりと口紅を握り、角張った背は闘志をむきだしにしていた。

　事務所に戻るとすぐ、浅子から電話がかかってきた。

「どういうことよ。お婆《ばあ》ちゃん電話かけてきて、話があるから病院へ来るっていうけど」

「何話すかわからないけど聞いてやってくれよ」

「私だって忙しいんだから」

「抜けだせないのか」

「そうは言ってないけど——いいわ。でも話聞くだけだからね」

　不機嫌《ふきげん》な声で、電話を叩《たた》きつけるように切った。

　この様子では話がますますこじれるのが落ちだと思ったが、案の定、夕方家に戻るために事務所を出ると、柵《さく》の囲いの端っこの方にタヅが申し訳けなさそうな顔で立っていた。意気揚々と出かけていったが、結局大喧嘩になり和広に合わせる顔がなくなったらしい。もう長いことその場で和広が出てくるのを待っていた様子である。和広の顔を見ると黙って首をふり、申し訳け程度にちょっとだけ頭をさげた。悄気《しょげ》返って萎《しぼ》んでしまったようなタヅを見ると、和広は再婚は諦らめようとはっきりと気持ちが決まった。再婚してもいいし、しなくてもいい、二つの気持ちの間で中途半端《はんぱ》に揺れていた自分がいけなかったのだ。

「螢、見にいこうか」

「螢って、どこへ」

「千鳥ヶ淵に出てるんだって」

「へえ――本当に？」

和広は事務所へ戻り、車のキーを貰ってくると、今週も売れ残っている赤い中古車にタヅを乗せた。

「俺、月賦《げっぷ》でこの車買うことに決めたよ。いいだろ？　安くしてくれるって」

「けど、こんなボロ車……」

「塗装し直しゃ、新品同然になるよ。エンジンはいいんだ」

千鳥ヶ淵に到《つ》いて、テレビ画面で見た場所を探してみたが、どこか見当もつかない。堀《ほり》の水には、夕方から不意に暗くなった雲が重そうに沈んでいる。

交番で尋ねると、「あの螢なら二、三日でまたいなくなってしまった」という。それでも場所を教えてもらって行ってみたが、道路が立体交差する一画は、草の葉も暮色と車の排気ガスに包まれ、灰色に乾いて見えるだけで、螢の幻を追うこともできない。

乾いた舗道に雨滴が落ちてきたので、諦めて車に戻った。首都高速に入る頃《ころ》には降りがひどくなり、おまけに渋滞に引っ掛ってしまった。やっと車が流れだしたと思ったら渋谷が近づいてまた滞った。和広が車を停《と》めたときである。

「あっ、螢——」

横の窓を眺《なが》めていたタヅが小声で叫んだ。和広はタヅの肩ごしにサイドウインドーを覗《のぞ》いた。雨粒が乱れて筋をひくむこうに確かに螢のように小さな火が浮かんでは消える。

それはただ、高速道路が、両側の高層ビルに切りとられ、みじかい橋のように浮かんだ上を、車のライトがかすめ通っているだけのことだが、道路がそこで勾配《こうばい》をもっているために、燈《ひ》がすうっと舞いあがって消えていくように見える。

両側のビルの連なりは暗く、大都会の細い裂け目に、夜と雨とが落ちている。

小さな燈は舞いあがろうとする瞬間に、車窓を流れる雨粒にすくいとられ、枝別れする。

雨がはげしくなるにつれ、燈はますます散り乱れ、遠い闇に本当にたくさんの螢が群がっているようである。

「きれいだねえ……きれいだねえ」

初めて都会の燈を見た人のように窓に顔をこすりつけ、タヅは歓声をあげた。白いものが混ざり薄くなった髪には似合わない子供のような声だった。

「ほんと――螢だ」

タヅにつきあって、和広は子供っぽい声を出した。

駅前まで来ると、タヅは晩御飯の用意がしてないから食堂で何か食べていこうと言いだした。一緒に暮し始めて初めてのことである。タヅは一緒に出かける時でも「落ち着かないんだよ」と絶対に外で食べようとしなかったし、和広が仕事の付き合いで外食してくると余りいい顔をしなかった。

この周辺では垢《あか》ぬけしたレストランである。注文したコロッケを「何だか牛乳臭いねえ」ほとんど手もつけず、和広の皿《さら》に移し、自分は付け合わせの野菜とライスを不器用な手つきで半分だけ食べた。それでも後でとったアイスクリームの方は美味《うま》そうに食べ、

「この頃の若い女は皆綺麗《きれい》だねえ」

駅の改札口から出てくる人の流れに目をとめた。そして、

「和さんの再婚の相手、私が見つけてやるよ」

何気なく言った。

やはり浅子とは喧嘩をしてきたらしい。

和広が何か答えるのを封じるように、

「あの人なんかどう？　白い傘《かさ》の」

信号が変わるのを待っている女子大生らしい娘を指さした。

「若すぎるよ」

「そうかねえ……じゃあ、あれは？」

長い髪を揺らしてOL風が、傘をもたずに小走りに横断歩道を渡ってくる。

「いいけど、ちょっと冷たそうだよ」

「ほんと、生まれてから一度も笑ったことがないって顔だ」

「あ、俺、あれがいい」

「花柄のスカート？　美人だけどねえ……」

「綺麗なこと鼻にかけてるな、駄目《だめ》だ。本抱えてる方は？」

「ああ、あれはいい。あれは安産型だ」

「ちょっと太すぎるよ。食べてはごろっと横になってるんだ。後ろの黒い服の娘《こ》の方がいいな」

「ああいうの後家相っていうんだよ。和さん、早く死んじゃう。ああ、あの桃色のシャツは？　綺麗だし優しそうだ」

「もう恋人いるよ」

ピンクのシャツを着た娘は渡りかけて隣の若者に手を回した。信号が変わるたびに横断歩道を流れてくる女たちの顔は、細い雨と傘の影とで一寸《ちょっと》見には美しく見えるが、よく見るとどこかに難がある。

「なかなかいないもんだねえ。ああ、あれは？　黄色い傘に白いブラウスの娘——」

「傘で見えないよ」

言ったところで信号が青に変わり、横断歩道を渡りだした娘は傘をあげた。

浅子だった。浅子はゆっくりとこの店の方へ歩いてくる。

「あれがいい、気は強そうだけど、芯《しん》は優しいね、あれが絶対だ——あれに決めなよ」

「義母《かあ》さん……」

驚いている暇もなく、タヅは立ちあがり、

「仕方ないから私の方で頭さげた。私が頭さげるなんてこれが一生に一度っきりだがね。和さんとも最後」言いかけて、慌ててその言葉を呑《の》みこむと「私だっていい所見せたいからさ——私は歩いて帰るから二人で車でどっか行っといで。ちょっとは機嫌とってやらないと駄目だよ」

ガラス扉から入り、近寄ってきた浅子から傘を借りると、「今日のあんた、本当、文子に似てるねえ」ハハハと楽しそうに笑って出ていった。浅子がタヅのかわりに座った。

「ここへ来いって言われたの？」

「七時半に、ここで和広さんが待ってるって」

言って、和広が考えこんでいる目を怒っているとでも誤解したらしい。

「私の方で謝まるつもりだったのよ。でもお婆ちゃんが先に頭さげちゃったから」

「何て言った？　義母《ほ》さん」

「和さんはあんたに惚れてるから文子のかわりをつとめて幸せになってほしいって

……」

浅子は言い難《にく》そうに上目づかいになった。

和広は立ちあがり、「一緒にアパートへ戻《もど》ってくれないか」と言った。外へ出て見回したがタヅの黄色い傘はもう見当たらなかった。先刻「和さんとも最後」口を滑らせかけたタヅの言葉が気にかかっていた。

車でアパートに戻り、部屋に入るといつもより部屋の中は片付いていた。卓袱台に広告の裏を使った置手紙があった。たどたどしい鉛筆の字で「長々とお世話でした。靖代の所へもどります。電話はしないで下さい。文子の位ハイはもらっていきます」と書かれている。

位牌《いはい》だけでなく仏壇には文子の写真もなかった。詰《なじ》るような目で問いかけた和広に浅子は首をふり、

「出てくなんて言わなかったわよ。ただ、もうあんたたちの邪魔はしないからとだけ……私はお婆ちゃんとも仲良くさせて下さいって言ったんだから」

ドアにノックがあった。和広が土間に駆けおりると、隣のおばさんが顔を覗かせた。

タヅは今朝、和広が出ていくとすぐ身の周りの物をスーツケースに詰め、隣に鍵《かぎ》を預け大久保の娘の所へ戻るといって出ていったという。荷物は駅のロッカーにでも入れて、昼休みに和広に逢《あ》いに来たのだ。

「でも、本当に娘さんのところへ戻ったのかしら」

隣のおばさんが言うには半月ほど前、どこかの老人ホームの事務員のような人がタヅの留守中にやってきて、タヅとは一年前契約をしたが、その後タヅが事情が変わっ

たから一年だけ待ってくれないかと言ってきた。手付金の百万を貰《もら》ってるので、そろそろ一年が過ぎるからどんな様子かと思い、訪ねてきたのだという。ちょうどそこへタヅが戻ってきて、慌《あわ》ててその男を部屋の中へ引っ張りこんだそうだ。

「さあ、どこのホームかは聞かなかったけど」

大久保へは戻ってはいないはずだ。浅子に頭を下げたのを一生に一度っきりと言っていた。追い出されたも同然の娘のもとへ頭をさげて戻っていく人ではなかった。

「あ、それからこれ。あんたのお父さんの写真じゃない?」

おばさんは一枚の写真を見せた。茶褐色《ちゃかっしょく》に褪《あ》せた写真には、軍帽をかぶった若者の顔があった。写真の下方が焦《こ》げている。今朝タヅが裏の焼却炉で何かを燃やしていた後におばさんが行ってみると、その一枚が焼け残っていたという。

「間違えて燃したんじゃないかと思って」

和広は礼を言ってドアを閉めた。

写真の軍人は眉《まゆ》が濃く切れ長の目で、顎《あご》の線が角ばり、いかにも無骨な印象だった。先週聞いた、南の島で散り、螢《ほたる》の燈明《とうみょう》に送られて昇天した少尉に違いない。

「お父さん?」

覗きこんだ浅子に、和広は「いや」と先週タヅから聞いた話を始めたが、

「その話なら、今日お婆《ばあ》ちゃんから聞いたわ。戦地に旅だつ前にその豊さんとお婆ちゃんと二人に口紅贈った人でしょう?」

「二人? 義母さんの方は口紅じゃなく子供のためのお菓子貰ったんだって」

「でも私、ちゃんと聞いたわよ。二人に一本ずつ真っ赤な口紅くれたって……いい話じゃない。私も和広さんに口紅買ってもらおうかな」

和広は写真から顔をあげた。

「今日貰ったんだろ? 口紅、白い包装紙の」

「誰《だれ》が?」

浅子は怪訝《けげん》そうな目である。和広が事情を説明すると、

「パチンコ屋の景品ってのは非道《ひど》いわね。でも受けとってない、私」

「だったら忘れたのかな……義母さんに口紅欲しいって言わなかった」

「言わないわよ。友達が化粧品のセールスしてるでしょ。要らないのに沢山買わされるもの」

「けど……」

浅子はぼんやり、少尉の写真を見ていたが、

「この人、和広さんに似てるね。私もお父さんかと思ったから……目から顎ん所や、

真面目《まじめ》で堅物な感じ……」

確かに言われてみると、自分でもどこか似ている気がする。

浅子はしばらく見続けてから、「いやだ」小声で叫び、その声を喉《のど》に押しもどすように写真を口にあてた。目だけを覗かせ、和広の顔をじっと見ている。目の色に笑みと戸惑いが混じりあっていた。

「私……ライヴァルだったんじゃないかな」

ひとり言のように呟《つぶや》いた。口に出す言葉で自分の考えを確かめるようにゆっくりと。

「ライヴァルって?」

「恋敵《こいがたき》。私、死んだ文子さんがそうかと思ってたけど、本当は文子さんのお母さん――あの人の恋敵だったんじゃないかな」

「何のことだよ」

「お婆ちゃん、さっきの隣のおばさんの話じゃ、最初から一年のつもりでここへ来たみたいじゃない。一年経《た》ったら老人ホームへ行くつもりで。お婆ちゃん、今日こう言ったんだ。あんた本当に惚れてるなら一年でも一緒に暮さなきゃ後で後悔するよって。好きな人のためにいろんなことやれるのが一番幸福だって。どうして一年なのかって思ってたけど、あれ、ここで暮した一年のことだったのじゃないかな。お婆ちゃん、アレ、やってたんだ」

「アレ?」

「上手《うま》く言えないけど結婚生活みたいなこと……好きな人のために弁当つくって、下着洗って、いろんな世話焼いて。子供ん時から働いて、結婚してもその日から働いて、子供育てるために働いて、その子供の二人に死なれて、一人に追いだされたなんていいことなんか何もない一生だったたって……今日そう言ってたけど、最後にそのいことやったんじゃないかな。文子さんは美人だけど父親似でしょ? 悪いけどお婆ちゃん——あの人、あの顔だしあんな岩みたいな体だし、男に惚れられるなんてことなかったんだ。でもあの人の方では好きな男もいたのよ。あの人、必死に働きすぎるって和広さん言ってたけど、好きな人のために必死になって、割れるほど擦りきれるほど茶碗《ちゃわん》や下着洗ったんだ。和広さん、あの人の好きな人だったんだ」


和広は三十四歳もタヅより若かった。孫といってもおかしくない年齢である。そんな若い男にタヅが色恋の感情を持っていたとは思えなかった。いや確かに惚れていた。だがそれは和広をではない。和広がちょっと似ていた男なのだ。タヅが惚れていたのはこの写真の少尉だった。タヅは、義母さんは、あの人は、やっぱり戦中、この少尉さんを好いていたのだろう。夫とはまるで違う優しく無骨なこの人を秘《ひそ》かに思っていたのだ。しかし少尉さんは豊さんを好いていたし豊さんの方も少尉さんを慕っていた。タヅは自分の器量からその片恋を諦《あき》めて惚れた少尉さんのために縁結びを買って出た。最後の晩、二人のために「いのち短し恋せよ乙女」を歌いながら、本当は誰より自分に向けて大声を張りあげて歌の文句を言い聞かせていたのだろう。

「いのち短し恋せよ乙女、黒髪の色あせぬ間に、心のほのお消えぬ間に」

本当に自分の気持ちを声にできなかったのは少尉さんでも豊でもなく、タヅだったのではないか。

恋敵を肩車にして必死に脚を踏んばっている女の姿を和広は思い浮かべてみた。少尉さんの死を悼《いた》みながら豊と並んで螢の火を点《とも》しているタヅの土焼けた手を思い描いてみた。

和広の生まれるずっと前の話である。あれから四十年近くが過ぎている。たった一年暮しただけの人、それも母親か祖母のようにしか見ていなかった人の気持ちは想像もつかなかったが、四十年近くも経てばそれは遠い昔の小さな思い出としてしか残っていなかったはずだ。しかし苦労して育てた実の娘に追い出され、老人ホームで最後の身を埋《うず》めようとして、タヅはふっとその小さな思い出をふり返ったのだろう。親のために、夫のために、姑《しゅうとめ》のために、子供のために働き続けた一生で思い出と呼べるのはその少尉さんに抱いた淡い恋心しかなかった。浅子が言ったように、タヅは本当に死んだ娘が残していってくれた場所で、やはり死んだ娘の残していってくれたちょっと少尉さんと似た一人の男を借りて、四十年前のその思い出にささやかな彩《いろど》りを与えようとしたのかもしれない。

働きすぎて自分の生涯《しょうがい》を壊してしまった人だと考えていたが、和広の下着をすりきれさせ、床が浮くほど雑巾《ぞうきん》をかけ、この部屋でタヅは昔の夢の破片を小さく掻《か》き集めていたのかもしれない。

タヅは四十年前、自分もまた豊と同じように少尉さんから赤い口紅を貰いたかったのだろう。

今日の午後、タヅはちょっと嘘《うそ》をついて和広に好きな色の口紅を選ばせ自分の手に渡させた。少尉さんから貰えなかった口紅を四十年たって別の男の手を借りてタヅはやっと自分の手に握ったのだろう。もちろん自分の唇《くちびる》に塗りなどしない。この写真のように黄ばみ、褪《あ》せてしまった戦中の思い出に新しい口紅を塗ってみたかっただけだ。そして浅子に、自分も少尉さんから口紅を貰ったと嘘をついた。岩のような体の鎧《よろい》に隠れていたごくあたり前な女の気持ちがたった一度張らせたそれは小さな見栄《みえ》だった。おそらく老人ホームへ行ってもタヅは皆に言うだろう、「少尉さんが私にも口紅を買ってくれた」と。洗剤やインスタントコーヒーの壜《びん》と混ざって置かれた埃《ほこり》くさい景品の口紅を、それでもいかつい手でがっちりと握りしめ、そのホームへとタヅは運んだのだった。

「あの人、死んだ自分の娘のことより和広さんのこと思ってたんだ。本当に大事に思ってたから和広さんの幸福選んだんだ。死んだ文子さんに和広さんを諦めさせて、私、選んでくれたんだ」

和広は素直にその言葉に肯いた。本当に自分を気にいってくれたのだろう、だから実の娘にもさげられない頭を自分のためにさげてくれたに違いない。そして犠牲だけが一生だった人らしいやり方で、最後にはあっけらかんと笑って去っていった。

和広は押入れの奥から電話帳をひきずりだし、老人施設の頁《ページ》を探した。その手を浅子の手がとめた。

「しばらく放《ほう》っておこうよ」

「けど、俺《おれ》老人ホームなんてのは……」

「ああいう所、和広さんが思ってるような淋《さび》しい場所じゃないよ。それに今すぐ行ったって絶対戻るって言わないと思う。私、あの人の気持ちわかるから。しばらく待って、私も一緒に探すから。それで戻ってもいいと言うなら、私もそうするように勧める。姑と嫁なんて考えてみたらどこだって他人だし、恋敵みたいなもんだから」

浅子は微笑した。その唇を和広は初めて見つめた。赤い口紅をさしている。タヅに渡した口紅の色と似ていた。明るい微笑がその色をいっそう鮮やかに浮かびあがらせた。

雨が夏の夜を叩《たた》き続け、蒸し暑さに電燈の燈《ひ》までが汗をかいたように濡《ぬ》れて見えた。あの車を塗装に出そう、そして真っ赤に塗り直した車で、浅子と二人、タヅに逢《あ》いにいこう、和広はそう思った。

十三年目の子守唄《こもりうた》

父さんのこと、話すのは初めてだけれど、いや、俺《おれ》がまだ物心つく前に死んだ本当の親父《おやじ》のことじゃないよ、去年の三月はじめ、お袋が、一生に一度のことだからって料亭《りょうてい》の仕事、仲居たちに任せて九州一周の団体旅行に出かけた時、連れて戻《もど》ってきた奴《やつ》のこと……電話でさ、「面白《おもしろ》いお土産あるからね」なんて言うから、何だろうと思ってたら、それがあいつだったんだ。玄関トコでお袋の肩の後ろからひょいと頭さげて……お袋の荷物、赤帽みたいに背負ってるから、俺、観光会社の人かなんかだと思ったんだけど、そのまま「お邪魔します」って後に尾《つ》いて奥の座敷までいって……そのまま居座ったんだよ。

お袋も照れてたんだろね、別に俺に紹介もせずに、座敷いっぱいに土産物広げて、「桜島ってのは豪快だわねえ、私、惚《ほ》れ惚《ぼ》れしちゃって」なんて、俺がちょっとでも口はさめないように、あいつと旅の話に花咲かせてるの。あいつも、もう最初からこの家の主《あるじ》気どりでさ、「あっ松の枝、上から三本目枯れ始めてる。駄目《だめ》だな、薬撒《ま》かないと」なんて、すぐに庭におりてね。

「何だよ、あいつ」こっそり聞くと、お袋、後《おく》れ毛《げ》を小指で掻《か》きあげて、変に色っぽい仕草して、「仕方ないでしょ、尾いてきちゃったんだから」水俣《みなまた》の旅館で持病の胃痙攣《けいれん》をおこして、一日はそこで静養した方がいいってことになった時、いくら何でも一人で置いてけぼりは可哀相《かわいそう》だし、自分は多少医学の方も齧《かじ》ってるからって、一緒に居残っていろいろ世話してくれたんだって……その後、二人だけで長崎、雲仙《うんぜん》とまわって、結局、東京のこの家まで尾いてきたわけなんだ。

「身寄りもなくていろんな仕事転々としてるってよ。アパート追い出されて行くあてもなくて困ってる時に、競馬でちょっとした金つかんでね、偶然電車の広告で九州の団体旅行の募集見て、何となしに旅に出ようって気になったんだって……まあ、いいじゃないの、世話になったんだし、二、三日ぐらい置いてやろうよ」家族はみんな鉄道事故で失《な》くしたって俺もはっきりそう聞いたけど、これが後で真っ赤な嘘《うそ》とわかってね。けどまあその時は二、三日のことなら仕方がないと思ったんだけど、二、三日が五、六日になって、いつの間にか半月だよ。

「いったい、いつまで置いとく気だよ。俺、関係ない人間が家の中、わが物顔で歩くの嫌《いや》なんだよ」あいつが風呂《ふろ》入った隙《すき》に聞くと、お袋、屹《きっ》とした目になって、「無関係な人間が家に住んでるの、あの人だけのことじゃないだろ?」て言うんだよ。雅彦《まさひこ》のこと、前に話さなかったかな、戸籍上はお袋の次男、つまり俺の弟ってことになってるけど、死んだ親友の娘が産んだ子供を貰《もら》ってきてお袋が育てたんだよ。貰ったっていっても、未婚の母っていうの? あれでね、産んだのはいいけど、世間はそうは甘くないし、施設にでもいれようかと思ってるっていうのを、同情して家へ連れてきたんだ。まだ本当の母親の乳恋しがってたのが、もう中学一年でね。

雅彦には、お袋が再婚しようとした店の客との間にできた子供だって、その再婚相手が式の直前に病死したって嘘をついてあるし、俺もまあ父親の違う兄弟ぐらいには可愛《かわい》がってきたけど……その雅彦の耳があるから、「雅彦は俺も赤ん坊のころから知ってるし、別に無関係な人間だとは思ってないよ」と声を密《ひそ》めると、「雅彦のことじゃなく、お前のことだよ」「俺はこの家の人間じゃないか……」「なに言ってるの。大学出ると料理屋なんか性《しょう》に合わないってさっさとこの家出て、わけもわからない女と結婚したのどこの誰《だれ》だい? その結婚だって結局、半年しか続かずに、ふらりと舞い戻ってきてさ……お前が家を出るって言った時から、私はもう金輪際お前とは赤の他人だって決めたからね、今だって下宿人一人おいてるぐらいの気持ちしかないから」いつものことだが、俺のいちばん痛い所を突いてきた。

お袋の言う通り、俺は大学出るころにバーの女と出来てね、結婚を反対されたこともあって家を出たんだが、お袋の見る目の方が確かだったね。和美《かずみ》って名だけど、大変な女で、俺は大学出て今の商事会社に勤め始めたろう、給料もなかなかだったから、それだけでも充分に二人やってけるのに、店をやめるの嫌だって……変だと思ってたら、やっぱり結婚前から関係燻《くすぶ》らせた客の男がいてね、半年も過ぎるとそっちの男の方が良くなったんだろう、ある日プイと出てってそれっきりで、……しばらく一人でやってみたけど、結局家に戻るのが一番いいだろうと思ってね、女でいえば出戻りだよ、そこん所突いてこられたら、こっちも折れるしかなくて、「じゃあ、いつまでか期限きってくれよ、このままじゃずるずる居座られる気がするんだよ」言うと、涼しい顔して、「残念だけどそのずるずるだね、いつ死ぬかわかんないのに期限なんか決められないわよ」「じゃあ、一生ってこと……」驚いて聞くと、「昨日、区役所へ婚姻届出しに行ってもらった。式挙げるような齢《とし》じゃないし、新婚旅行もこの前の九州旅行で済ませたようなもんだから、何も特別なことはしやしないけど……」暑くもないのに扇子をバタバタと煽《あお》いで、「不満ならお前が出てけばいいんだよ。会社の石津京子さんだったかい、この間お前結婚したいような口ぶりだったじゃないか。会社員の嫁なんてこの家じゃ要らないからね、出てってくれればいいよ」

開《あ》いた口が塞《ふさ》がらないというけど、あれは本当だな、風呂から上がったあいつにいそいそとビールついでるの見てたら、呆《あき》れて腹も立たなかった。呆れるというより、ちょっと気味悪くてね、そりゃお袋は亭主失くした後、三十年近く立派に料亭を守り通してきて、客達の間でも美人の女将《おかみ》で通ってるよ、十分若く綺麗《きれい》だし、三十五の俺の母親とはとても見えない、けどそれにしてももう五十半ばなんだ、再婚というだけでも聞こえが悪いのに、識《し》り合ってまだ三週間目だよ、犬でも飼うこと決めるみたいにあっさりとさ――ただ、お袋のことだから、一生ってのは本気だとは思ったね。年中着物で通して背筋しゃんとさせてるだろ、物事すべてに背骨一本ピンと通さないと気が済まないってとこあってね、あんな野良犬《のらいぬ》みたいな男と再婚したなんてわかったら、俺だけじゃなく世間に笑われるよ、そんな人様に笑われるような事にも筋一本通さなきゃおかないって性格してるから。

その晩なかなか寝つかれなかった。今ん所、客部屋をあてがって、あいつとお袋は別々に寝てるけど、一応結婚したんだから今ごろはどっちかが足音忍ばせて……いや九州の旅館でもう既にあったんじゃないか。そういや、「水俣ってのは公害の町だろ、夜空なんかも錆《さび》ついた色しててね。でもその暗い空に鶴《つる》がとんでくるんだよ、月の光も淋《さび》しいんだけど、羽が銀色に濡《ぬ》れて光ってね、あんな綺麗なもの見たの何十年ぶりだろ」流し目であいつに相槌求めてた。きっとお袋も三十年ぶりに羽の色濡らして羽《は》搏《ばた》いたんだ……けど、嫌だよ、俺、そんなの。こういう商売してるから色気、罐詰《かんづめ》にして三十年腐らせずに来たよ、でもそれは客相手にしている時で、母屋《おもや》に戻ったら母親は母親だけでいてほしいよ、衣紋《えもん》から手つっこんで背中掻きながら、あーあって欠伸《あくび》してりゃいいんだよ、それをさあ、「ねえ、鶴って夫婦の情愛が細やかなんだって。奥さんが病に倒れて渡りができなくなると、旦那《だんな》の方も居残って介抱するって。あの人が私を看病してるの見て、宿の女中さんったら、冷やかしみたいにそんなこと言うのよ」珍らしく手で口もと庇《おお》って品《しな》つくりながら笑うんだから。

夜中にどうしても気になったんで、雅彦の部屋から鳥の図鑑もってきて調べたら、確かに水俣の近くには有名な鶴の渡来地があるらしいんだけど、そこの鶴は大体がくすんだ鼠色《ねずみいろ》でね、まあ月の光浴びりゃ鼠色も銀色に見えるだろうさ、悪いとは言わないが、よく見ると、首の細くてひょろりと長いのが、どっかあいつに似てて……今度はその顔がちらちらしてますます寝つかれなくなったけど、それでも知らぬうちにうとうとしたのを、夜明けごろ、庭からの物音で破られた。階下におりて、縁側から覗《のぞ》くと、あいつが庭でいちばん大きな石を抱えこむように押して動かそうとしてんだ。「なにやってるんだ」思わず声を荒《あら》げると、あいつは「お早《は》よう」と言ってふりむき、笑い顔になった。その笑顔に今までにない余裕があって、これでもう自分は法律的にもこの家の住人なんだと言わんばかりで、「いや、この石さえ隅《すみ》に片付けりゃ庭の手いれは終わるからね、皆が眠ってるうちにやっておこうと思って……」「それ死んだ親父の形見の石だ。死ぬ前に郷里の会津から運ばせた……」あいつは一瞬面喰《めんくら》ったような顔をしたが、すぐに笑顔に飲みこんで、手を休めると縁側に腰かけた。

「そりゃ知らなかったな。須衣《すえ》さんに聞いたら、いいって言うから……いや悪かった」言うと、苔生《こけむ》し、緑色の斑模様《まだらもよう》をいかつい膚《はだ》に柔らかく纏《まと》った庭石をしげしげ眺《なが》めながら、「道理で重いと思った。知らずに前のお父さんと相撲とってたんだ……」

俺はそれまであいつと言葉交わしたことなかったろう、夜はわざと遅く帰って、廊下で顔が合っても目外《そ》らしたし、あいつもきまりが悪かったんだろ、「一年ほど庭師の手伝いしたことあるから」って一日中庭におりて忙しそうに動き回ってた。鋏《はさみ》の音がうるさくてね、何だかその音で、お袋とか死んだ親父とか、この家の歴史とか、俺とつながってる糸が一本一本切られてくみたいでいい気はしなかったんだが、改めて見回すと、いつの間にか庭は全く姿を変えている。そりゃ雑草なんかも刈られ、涸《か》れてた池にも水が張られ、綺麗にはなったよ。けどそれは俺が知ってる庭じゃないんだ。三十数年親しんできた庭が他人の庭に変わってるんだ、醜いながら親しみのもてるようになった顔が、突然整形して綺麗になったようなもんでね……少なくとも庭だけは、俺が気づかずにいた半月の間にこの見知らぬ男のものになっていたんだ……

俺の目に波だってるものなど、しかしあいつはまるで気にとめず、「さてと」立ち上がった拍子にひょいと、本当に鶴みたいに首のばして俺を見あげると、「死んだ親父さんの顔知らないんだって？　俺も早くに両親失くしたから、そういう淋しさわかるよ。これからは俺のこと、父さんて呼んでくれていいから……」

ブン殴ってやりたかったね、それを何とか堪《こら》えて、背中で精いっぱい怒りを見せつけて部屋に戻ると「馬鹿野郎《ばかやろう》」自然に口から声が迸《ほとばし》りだしたね、一体どういう気なんだ、お父さんと呼べって？　雅彦ならまだわかる。けど三十五の俺が、どんな顔して四つも歳下《としした》の男を父さんと呼ぶんだ？　お袋もお袋だよ、自分の半分ほどの歳の男と何が結婚だ……親父死んだ時は二十四だったらしいけど、まだそん時と同じ気持ちでいるんだから……

雅彦のことにしろ、新しい亭主のことにしろ、お袋の奴やはり俺のことで淋しい思いがあったんだな。雅彦を家に入れたのは俺が家を出てた時だし、今度のことは俺が新しい女を紹介して結婚しようと思ってると言ってひと月足らずだったからね。実の息子がいつまた出てくかわからないから、少しでも確かなつながり欲しかったんだよ。そうとでも考えなきゃ、どうやってお袋が俺より若い亭主持ったこと認めるんだ。いや、あいつのこと、お袋の亭主とか新しい父親とかなんて俺は断じて認めなかったね。「母さん、世間に笑われたって知らんよ、俺は」みな驚き呆れるに決まってると思ったんだ。ところがその世間というのが曲者《くせもの》でね。「誰も笑やしないさ、世間はお前なんかよりずっとよく私のこと知ってるからね」お袋の言った通りになった。

俺が離婚して半年目に家に舞い戻ってきた時には言いたいこと言って白い目で見た連中が、さすがに聞いた端《はな》は驚きはしたものの、「ヤッちゃんより若いっていうけどずいぶん確《しっか》りしてるよ」「板前の修業始めたってねえ。これで住善《すみぜん》も安泰だ。雅彦ちゃんはまだ子供だし心配してたんだけど」お袋じゃなくまるで俺を咎《とが》める口振りなんだよ。

なあに、大した奴じゃないんだ。ひょろっと背高くて、髪の毛長くて、Gパンはいてて、何考えてるかわからない、町中にあふれてる若者と変わらないんだ。顔だって俺の方がいいし、男としても上だよ。ただ孤児として苦労してきただろ、いや初めはそう信じてただけなんだが、人の気摑《つか》むの上手《うま》くて、何やらせても器用なんだ。板前の仕事覚えながら、それまでお袋が店が忙しいのにかまけて散らかし放題にしてあった台所や茶の間の掃除やってね。三代続いた料亭って言ったって裏へ回れば汚ないもんだよ、それがあいつが来てひと月も経《た》つ頃《ころ》には、襖《ふすま》が貼《は》りかわり、冷蔵庫の中もピカピカに光って、改築でもしたみたいに綺麗になってた。

けど俺は不満だったね。他人が入ってきて家の中を掻き回し始めた、いや整頓《せいとん》してくれたんだから逆なんだが、気持ちとしては掻き回されてたね、襖の色も埃《ほこり》一つなく磨《みが》かれた硝子《ガラス》も、淹《い》れてくれるお茶も、みんな他人の色なんだ。お袋は、「何だか家の仕事させるために結婚したみたいで悪いわね。家の事は私とヨネさんでやるから、あんたは店の方だけ手伝ってのんびりしててくれりゃいいんだよ」って変に機嫌《きげん》とるように言ってさ。

そう、もう『あんた』なんだぜ、端で見てる俺が赤くなってることにも気づかず、「いや、須衣さんも大変だし、俺がやれるだけやるから」あいつ平然と亭主気取りでそう答えるのさ。言葉だけ聞いてりゃ夫婦鑑《めおとかがみ》だが、母子《おやこ》としか見えない二人が、それも純日本然たる大年増《おおどしま》と半分アメリカ人みたいになってる現代っ子の一人とが夫婦鑑やってりゃ、戦前と戦後で懸け合い漫才やってるようなもんだよ。

家の模様替えといっしょに人間の模様替えもやってさ。お袋の気持ちは九州旅行でもうガッチリ摑んでたんだが、まず死んだ親父《おやじ》の先代の頃から店に勤めてる板前頭の常さんにとり入ってね、「三代目の落《おと》し胤《だね》じゃないのかい。筋がいいよ、庖丁《ほうちょう》握る手つきなんか三代目の若い頃そっくりでさ、一年も教えりゃ私の代わり勤まるね、いやこんな風に四代目が誕生するとは思ってもなかった」日頃気難しいのに相好《そうごう》崩すし、同じように仲居として最古参のヨネさんまでが、「こんないい男、女将さんどっから仕込んできたのかね、私は今の若者なんて水母《くらげ》か生子《なまこ》ぐらいにしか思ってなかったけど、認識改めた。人間齢《とし》じゃないわ」と褒《ほ》め言葉惜しまない始末なんだ。

この二人握れば店で働いてる連中全部握ったも同じだから、皆からすぐに「旦那さん、旦那さん」って呼ばれるようになって、それを、「いやあ、旦那さんなんてまだまだ……」高校出たばかりの小僧にまで、「上手《うま》いなあ、俺、何度やっても桂《かつら》むきっての下手でね、ちょっと教えてよ」なんて愛敬《あいきょう》ふりまいて誰かれとなく下手《したて》に出るのも嫌味でね……瞬《また》く間に厳《いかめ》しい店の雰囲気《ふんいき》にも溶けこんで、皆の人気者だ。

次が雅彦だよ。俺は雅彦のことお袋の四十のときの恥かきっ子と考え本当の弟として可愛がってたし、雅彦の方でも「兄ちゃん」と何事につけ頼りにしててね、雅彦も突然侵入してきた他人が薄気味悪かったんだろう、あいつがいくら機嫌とろうとしても俺を真似《まね》て、というより子供心に俺があいつに反撥《はんぱつ》感じてるの見抜いて俺の味方したんだろうね、返事もしなかったんだが、中学生たってやっぱり子供だ、一度ナイターに連れてかれて篠塚《しのづか》のホームランボール取ってもらったら、あっさりと寝返ってね、「あいつなんかと行かなくとも、今度は俺が連れてってやるから」と言うと、「兄ちゃんと行ってもビール飲んでトイレばっかり行ってるからつまらないよ」もう半分白い目で見るんだよ。

おまけに雅彦の誕生日忘れちゃってさ、その日俺が会社から戻ってくると、雅彦が新品のバット持ってきて、「これありがとう」って言うんだ。「何だ、それ?」「だって今日僕の誕生日だから兄ちゃん、新次さんにこれ渡しといてくれって頼んだんだろ。新次さんそう言ってたけど」俺がしまったと思ってその場繕おうとした時にはもう遅かった。「何だ、忘れてたのか。新次さんが気イつかってくれたんだ」生意気な言い方して「新次さあん」嬉々《きき》として廊下を走ってった。

「どういうことなんだ」後であいつに聞くと、「いやあの子兄さんが何くれるかって楽しみにしてたのに、あんた誕生日のこと忘れてるみたいだったろ。俺がかわりに買っとくからって会社へ電話したけどあんたいなかったから」しゃあしゃあと言うんだよ、バットの代金叩《たた》きつけてやったね、会社に電話したなんて嘘《うそ》に決まってるよ、見知らぬ他人の家に住みつこうっていうんだ、雅彦の歓心買おうとしたのはわかるよ、けどそのために俺を悪者にすることないじゃないか。

些細《ささい》なことに目くじらたてると思うかもしれないが、一事が万事そうなんだ。あれはもう六月に入ってた晩だったか、お袋が用で留守してる時に暴力団の幹部みたいな連中が五、六人来て「こんなまずい物食えるかっ」て騒いだことあった。青筋たてた常さんが「私が話つけてくる」って庖丁を布巾《ふきん》に巻いていこうとするのを皆で押しとどめて、板場中が右往左往してる時「急いで警察呼べよ」って俺《おれ》が言うと、その俺の台詞《せりふ》待ってたみたいに、「これ貰《もら》うよ。俺ちょっと行ってくるから」あいつがそう言ってひょいと銚子《ちょうし》一本手にして悠然《ゆうぜん》と問題の部屋へ出かけてったんだ。しばらくして恐る恐る様子見にいった仲居が、「なんか楽しそうな笑い声が聞こえる」って言うんだ、まさかって思ったが、一時間もするとダブルの背広着こんだ錚々《そうそう》たる奴《やつ》らを笑顔で玄関まで送りだして勘定はもちろん板前への心づけまで弾んでもらってるんだよ。「一体、どうやって──」皆狐《きつね》につままれたみたいな顔してるのに何事もなかったように笑って「いや、世の中頭さげれば簡単に済むこと沢山あるから」って──

全く鼻持ちならんだろ。そんなの人生五十年やってる男の台詞だよ。青臭い若造が口にしたってサマになりゃしないのに、皆感嘆の目で見るんだ。あいつはいいよ、いいんだけど、それじゃ「警察だ、警察だ」って騒いでた俺の立場はどうなるのさ。

帰ってきたお袋が「そりゃあ、あんたお手柄《てがら》だったわね、警察沙汰《ざた》にならなくってよかったよ」って言った時は、皆の目が冷たく俺の顔に突き刺さってくるのがはっきりとわかったね。まるきり俺が悪者だよ、その一件であいつは一層男あげたんだが、俺の男は確実に下がったな。それまでは店のことにはノータッチでも女将の息子として一目おかれていたのが、皆あいつをもちあげる分、俺を見下すようになって、家事を手伝いに来る仲居の若いのなんかは「旦那さん、痩《や》せてるんだからもっと栄養つけないと」あいつにはそう言うくせに俺には「こんな遅く戻《もど》ってきて御飯まだだったんですかあ」なんだから。主客転倒というか、俺、自分でも俺の方が他所《よそ》から来た厄介者じゃないかと思えて、気がつくと皆の顔色窺《うかが》ったり、変にこそこそ廊下の隅歩いたりしてるんだよ。わかるだろ、俺が頭へくるの――

恐ろしい気さえしたね。見ず知らずの、それも俺なんかから見れば特別魅力もないただの若造が突然やって来て、あっという間に皆の頭を洗脳して、店にも家にもしっかり根おろしちゃったんだから。大袈裟《おおげさ》じゃなくヒットラーがドイツ国民を一色に塗り潰《つぶ》したのもこんな具合じゃなかったのかと思えるほどでね。

まあ、それも考えてみりゃ仕方ない所もあってね、お袋なんか「家の中明るくなった」って喜んでたけど、あいつが来るまでは家にも店にも陰気な所あったんだ。お袋はどうこう言っても未亡人の細腕だし、雅彦だって今はいいけどいつかこの家に貰われてきた事情知ったらどうなるだろうって不安がお袋にも俺にもあったし、常さんは戦争で奥さん失ってからずうっと独り身だし、ヨネさんも息子夫婦と上手くいかずほとんど住み込みの恰好《かっこう》で、休みなんかも家へ戻るぐらいならってぶらぶらデパート回りなんかしてるだろ、皆それぞれ淋《さび》しいもの抱えてたところへ、愛敬のいい、人の気持ち摑むの上手い奴が入ってきたんだもの、わっと飛びついちゃったわけだよ。あいつの方も家と人間が欲しかったんだろ、気持ちの需給曲線がピッタリ一致したんだな。

本当はお袋と血が繋《つな》がってるのは俺だけなんだが、その俺だけがはぐれて、家へ早く帰ってもつまらんし、京子誘って映画見たり、酒飲んだり……京子は俺に惚《ほ》れてたから、「そんな男、気味悪いわ。お母さんどういう気なの」って俺の味方だったけど、その京子までがしばらくするうちに、あいつに洗脳されちまってね――

いや、七月に入って俺が悪性の夏風邪ひいて一週間会社休んだ時のことだった。あいつはこの時とばかり俺の体気遣い、いろいろ面倒を見たよ。この際、家の中でただひとり砦《とりで》守ってる俺を陥落させようと、魂胆はみえみえだったけど、病気になると気が弱くなるだろ、夜半に起きて氷枕《こおりまくら》替えてくれたりするの見てたら、こいつも本当はいい奴なんだろうと思えてきたりしたんだが、一週間経ってやっと起きあがれるようになった時だよ、階下から楽しそうな笑い声が聞こえるんで降りていくと、京子がお袋やあいつと一緒に晩御飯の食卓囲んで、腹よじらせて笑ってるんだ。「何だ、元気そうじゃないの」俺にはそう言っただけで、後はあいつの他愛もない冗談に笑い転げてね。変じゃないか、京子は俺の女だよ、見舞いに来たなら、まず俺の部屋に通して、それから「御飯でも」が順序じゃないか。

京子の帰った後、俺が不愉快な顔してると「眠ってたから起こしちゃ悪いと思って」弁解のように言って「明るい、いい娘さんじゃないか。あれじゃもてなし方足りなかったかな」と続けた口調がもう完全に父親気取りなんだ。馬鹿野郎、父親ってのはままごとじゃないんだぞ、胸に湧《わ》いてきた言葉を何とか飲んでたコップを流しに叩きおくだけで堪《こら》えると背を向けてやった。

あいつにも腹立ったけど、帰りがけに、「全然、話違うじゃない。あんないい人だと思わなかったわ」二時間ほどですっかり洗脳されてそんな言葉耳うちしてきた京子にも腹が立ってね、翌日出社しても目を合わせないようにしてたんだが、仕事の最中に京子が突然立ちあがってつかつかと近寄ってくると、「私、あなたのそういう所大《だい》嫌《きら》い」そう言い出した、「言いたいことあったらはっきり言ってほしいわ、あの人のことだって陰ではグチグチ言ってる癖に面と向かっては何も言えないんでしょ。だいたいあなた、あの人に嫉《や》いてるだけなのよ。エディプス・コンプレックスっていうのよ、そういうの。その歳でお母さんにこだわってるなんて、あなたの方がずっと気味悪いわ」言うと、またつかつかと自分の席に戻っていって、それきり何日も口を利《き》こうとしなくなった。

それやこれやで胸の中に蓄《たま》ったものが限界に達してたんだな。次の週とうとう俺の口からそれが爆発した。

日曜の朝、俺がいつもより遅く起きて階下へ降りると、風呂場《ふろば》から「でも旦那《だんな》さんにはできるだけ女の仕事やらせないようにって女将《おかみ》さんに言われてるから」仲居の声が聞こえた。抵抗する仲居の腕から山のような洗濯物《せんたくもの》ひったくると、あいつ洗濯機も使わず手で洗いだした。ひょいと見ると俺の下着を洗おうとしてるんだ。風呂場の窓からまだ朝なのに入道雲が天を突いているのが見えた。その雲みたいにむくむくと胸の頂きを突くものがあって、俺はあいつに飛びかかり、下着を奪いとり、「他人のくせに、余計なことするな！」怒声を浴びせた。

あいつはその言葉に流石《さすが》に顔を歪《ゆが》め、いや一瞬そう見えただけで、冗談っぽく顰《しか》めた顔の目に薄い笑みを含ませ、その目で俺の下着を指した。下着の胸のあたりに赤い口紅の跡が残っててね、実は前の晩、仲直りしようとして京子誘ったのに冷たくあしられて、もやもやしたまま偶然入ったキャバレーのホステスとホテルへ行ったんだ。「京子さん、口紅つけないんだろ」あいつはそう口にしただけだった。そしてしばらく俺の目を見つめていたが、見られたくない物を一番厭《いや》な奴に見られて当惑している俺の手から下着をとり戻すと黙って洗い始めたんだ。

俺も黙って部屋に戻ったが、しばらくはあいつの目が脳裏に貼《は》りついて離れなかった。俺よりずっと年長の部長なんかが時々見せる、何もかもわかってるよと黙って肯《うなず》く目だった。俺の落度を理解してくれ、男だから仕方ないじゃないかと無言のまま認めてくれている目だった。もしかして親父《おやじ》が生きてたら、同じように仲居の手から下着を奪いとって同じ目をして洗ってくれたかもしれない、ふっとそんな気もしたが、慌《あわ》てて首をふりその考えを否定したよ。三十一歳の親父なんて、俺は絶対認めたくなかったんだ……

エディプス・コンプレックスか――今から思や俺があいつに感じてた反感もたったそれだけの学術用語にすぎなかったのかもしれないが、その頃は、そんな言葉もちだした京子にも、馬鹿《ばか》野郎ってな気持ちでさ、よし皆がその気なら俺一人でもあいつと戦いぬいてやる、悲壮な決心だったね。もっとも皆は俺のそんな気持ちなど無視して、自分らだけであいつ取り巻いて楽しそうにやってたんだが、その幸福に翳《かげ》りが見え始めたのは、雅彦の夏休みも終わり、庭の朝顔の葉が弱まった陽《ひ》ざしにかさかさと鳴って秋の音を伝えだした頃だった。

原因は雅彦のことで、あいつが雅彦に自分のことを父親と呼べって強制したんだよ。いや夏休みの終わる頃から雅彦の奴どうも元気がなかったんだが、宿題が残ってるんだろうぐらいにしか考えてなくてね。それがある晩雅彦の部屋の前通ると、「父さんと呼べよ」あいつが居丈高に命令してる声が聞こえたんだ。「それだけは嫌《いや》だよ。今まで通りでいいじゃないか」雅彦がそう答えてるのに「これから一生一緒に暮すんだからそう呼んだって損しないだろ」とあいつ執拗《しっこ》いんだよ。我慢できなくなってドンとドアを開けてやると、あいつは一瞬たじろいだが、起きあがりこぼしみたいな奴ですぐに笑顔で立ち直ると「今夜は早いんだね」ってな。

雅彦は俺の方に救いを求めるような目を流し、顔を硬《こわ》ばらせて出てったが、ひどく傷ついてる風でね、「少しは子供の気持ちも考えろ。十三年間父さんって言葉口にしたことないのに突然そう口にしろって言われたって臆《おく》するだけだ。だいたい父親らしいこともせずに何が父親と呼べだよ。お前がやってることはただの父さんごっこだ。子供でも遊びだとわかってるから尻尾《しっぽ》ふってお前になついてるふりしてるだけだぞ。

自惚《うぬぼ》れるな」言ってやったが、そんな事でやりこめられる奴じゃないさ、「だったらあんたが俺のこと父さんって呼んでくれないか」だってさ。「馬鹿。雅彦が呼べないのに俺が呼べるかっ」ドア叩きつけてその場は終わりになったが、翌朝から食事の時などにあいつがいくら愛想よくしても雅彦はそっぽ向くようになった。

血の繋がりのない家族なんて脆《もろ》いもんだ、それまでは毎日ハイキングやってるみたいに賑《にぎ》わしかった家が、雅彦一人がショート起こすと同時に全面停電のようなもんさ。あいつも流石にそれは応《こた》えたらしくて、時々ぼんやり縁側にしゃがんで、一人庭見てるようなこともあったけど、九月の末にはとうとう、「今度の父兄会、須衣《すえ》さんには俺が行くよう頼まれてるけど、あんたが行ってくれないかな」気弱な声掛けてきたよ。内心ざまあみろと思ったが、それは半分の気持ちで、俺ってのはどうも駄目《だめ》なんだな、いくら憎んでても相手がちょっと弱い所見せると同情しちゃう所あって、「まあ雅彦も突然で驚いたんだろ。そのうち機嫌直すさ」四歳年上の余裕をもって慰めてやったりもしたのだが、学校へ行って吃驚《びっくり》したよ。雅彦の奴学校でもずっと元気なかったそうだが、その原因は夏休みに本当の母親がこっそり連絡してきて外で一度逢《あ》ったからだって。大分以前から自分が貰い子だってことには気づいてたって先生に告白したらしいんだ。

家に戻って報告するとお袋も顔色変えて、「十三年も経《た》ってよくのこのこ出てこれたもんだ。あの時もうこれで母子の縁は何もないんだからとあれほど言ったのに。いいよ、居所わかってるから、もう二度と逢わないように厳しく言っとくから。雅彦にもあんな女の言うこと信じないように言っといとくれ」口にしてから思い直して、「いや、いずれわかることなら今がいい機会かもしれない。そのうち、私から話をするから」しばらくそっとしておこうという意見に俺も賛成した。ただあいつにだけは「こんな時期にもう二度と父さんと呼べなんて命令するなよ。雅彦の気持ち引き裂くようなもんだからな」と釘《くぎ》さしておいた。あいつか？——ああ、ちょっと目伏せて俺に反感見せたけど、黙って肯いたよ。

尤《もっと》も雅彦のことばかりに構っているわけにはいかなかった。冷《ひん》やりし始めた風をまねるように京子の俺への態度がますます冷たくなって、あてつけみたいに俺のライヴァルの石黒って奴とつき合い始めたんだ。

別れるなら別れるで一度はっきり話し合った方がいいと思って、十月の祝日に電話を入れると、「私、もしかしたら石黒さんと結婚するかもしれない。一昨日《おととい》お父さんが会いに来たから、私の気持ち話しておいたわ。お父さんから聞いてよ」もう俺とは一言も余分な口はききたくないと言わんばかりでね。お父さんというのはあいつのことだ。俺が夏から京子のことで鬱々《うつうつ》としてたのは気づいてたろうから、たぶん雅彦の一件で喪《うしな》った信頼をとり戻そうと、またも余分な差し出口やったんだ。

腹立てながら受話器を置くと同時にベルが鳴って「あのお、そちらに桜木新次さんいると思うんですが……いえ桜木っていうのは旧姓ですけど」遠慮がちな若い娘の声がした。

「今ちょっと出かけてます。一時間ほどで戻ってくるけど」

「それじゃ私、駅前のシュガーって喫茶店にいるからって伝えて貰えないでしょうか……私、三杉《みすぎ》ミヨ子っていうんですけど」

「昔の知り合いかなんか？」

「ええ、まあ……」

言葉濁すのでピンと来て、考えてみりゃあいつの過去から何か便りがあったのはそれが初めてのことなんだ。身寄りがないっていうからそんな事も自然に受け容《い》れてたんだが、好《い》い機会だから、俺の方で聞きたいことがあるからって、駅前まで走ったんだ。

電話で教えられた通り、男みたいな背広に水玉のネクタイをした、そのミヨ子って娘は、服装とは不釣合《ふつりあい》に女性的な顔だちで、肩まで伸ばした長い髪が純情そうに見えた。

俺の質問にしばらく返答を躊躇《ためら》った後、その髪を指で梳《と》かしながら、「私、この春婚約寸前までいって、あの人と別れたんです……」ポツポツと話し始めた。「好きだったけれど、あの人ちょっと嫌な所あって、それで私の方から別れ話出したんですけど……」あいつは失恋旅行だと言って笑って九州旅行に出かけ、関係はそれきりになったが、人伝《ひとづ》てに母親ほど年の離れた女性と結婚したと聞かされたのだという。

「それで興信所でちょっと調べてもらって……私、来月結婚するんです。あの人とはもう愛情なんて問題じゃないけど、もしかしたらあの人がそんな結婚したの、私にふられて破れかぶれになったからじゃないかって、何となく責任感じてたんです……それで私としても結婚前にそういう過去に区切りつけておきたくて……」

「破れかぶれか……」

「いいえ、それ、私の自惚れで、あの人本当にあなたのお母さんのこと愛してるのかもしれません。あの人あの歳《とし》で両親にもの凄《すご》くこだわってるんです。親離れしていないというか……母親より父親の方だけど……」

「両親？」そんな言葉は初耳で、家族は鉄道事故で死んだと聞いているというと、娘はため息のように笑って「死んだと思いたいだけなんです」

子供の頃《ころ》事故に遭ったのは本当で今でも右腿《みぎもも》に傷が残っているが、その事故の時、父親があいつの手をふりきって自分一人逃げようとしたのだというんだ。それが引き金となったかどうかはわからないが、中学生の頃から父親には反抗し続け、大学も一年で中退して家をとびだし、仕事を転々としながら自活するようになったらしくてね。

「お父さん、桜木謙太郎という有名な大学教授なんですよ。厳格で冷淡だって……冷たいっていうのは本当みたい。あの人が家出ても探そうとしないし、今の結婚のことだって知らないはずないと思うけどお宅にも何の連絡もないわけでしょ。父親の方でも棄《す》てたつもりじゃないかしら。そういう父親のこと憎んでるんだけど、ただの憎しみだけかなあって……あの人が愚痴みたいに父親のこと喋《しゃべ》るの聞いてると却《かえ》って執着が大きすぎるように思えてきて……結局、私、そういう所嫌になったんだけど……」

時々思いだしたように林檎《りんご》の形した耳飾りをいじりながら娘が語り継いだ話を、俺は黙って聞いてた。話の内容に驚きもしたし、あいつが嘘《うそ》言ってたことに腹立ちも覚えはしたが、目の前の娘と京子が重なって見えてね、そうだろ、京子と同じこと言うんだから。男を振る女ってどっか似てるなあと思い、それなら振られる男ってのもどっか似たとこあるんじゃないかと思い、もしかしたらあいつも一昨日京子から俺が嫌になった理由聞かされながら俺と同じこと考えてたのかもしれない、そんな風に思っていると、なんかぼんやりしちゃってね。

気がつくと駅前通りには宵《よい》が迫っていてネオンが秋らしい澄んだ色に光ってて……俺は家へ電話を入れ、あいつを呼びだした。電話で簡単に事情説明したけど、あいつは悪びれない顔つきでやって来て、俺にはヤアと口の形だけで告げ、「しばらくだな」立ちあがった俺のかわりに、娘の前に座った。出口でふり返ると、二人は目をそらし合って座り、娘の方は、窓から街の暮色を眺《なが》めながら、耳飾りをはずしあいつの方へさし出していた。

その晩、お袋は仲居達を温泉旅行に連れていってて留守でね。家へ戻って雅彦の部屋を覗《のぞ》くと勉強やってるから「手伝ってやろうか」声をかけてやった。「いいよ」って小さく背中丸め依怙地《いこじ》な答え方したんだが、しばらくして俺が茶の間で横になってると、すっと近寄ってきて「この問題わからないんだけど」って言うんだ。雅彦の成績ならわからない問題じゃないのに、俺の機嫌《きげん》とろうとしたんだな。子供なりにあれこれ考え、この家で他人として生き延びてく方法を考え出したんだろうと思うと可哀相になって、勉強の後、街へ連れだし御飯食べさせたりゲームやらせたりサービスしてやったよ。

その帰り道、繁華街の曲がり角で俺はふと足を停《と》めた。あいつが赤いヒラヒラした服着た女と、ラヴホテルのネオンが連なった小路《こうじ》へと曲がっていくのを見たんだ。一目で水商売とわかる厚化粧の女で、もちろん夕方の娘とは違ってた。ほんの一瞬だったが、あいつの後ろ姿が妙に目に残った。喜劇映画の写幕《スクリーン》みたいに真っ正面の笑い顔しか知らなかった奴《やつ》が、背中から見るとひょろりと痩《や》せてるのが目立って、極彩色のネオンの中では変に殺風景なんだな。いや雅彦に見つかるとまずいから、すぐに知らん顔で歩きだしたんだが……

その晩、あいつは零時を回る時刻に戻《もど》ってきた。恰度《ちょうど》、俺が風呂《ふろ》に入ってた時で、あいつは脱衣場の所までくると何かモゾモゾやりながら、「父よ、あなたは強かった、兜《かぶと》も焦《こ》がす炎熱を、敵の屍《かばね》とともに寝て……」酔っ払った声で常さんがよく唄《うた》ってる軍歌を口ずさんでたが、そのうちガラス戸にすっと影が浮かび、「俺の家族のこと須衣さんは……お袋さんはもう全部知ってるけど……今日あの娘《こ》が会いに来たことは黙っててくれないかな」そう言ったよ。俺だって五十女のお袋が娘ほどの女に眉《まゆ》つりあげる図なんて見たくないから言うわけないだろと思ってると、ガラス戸ががらりと開いて、「これ、洗っとけよ」湯気のむこうで冗談めかして顔を顰《しか》め、ワイシャツを投げて寄越した。そうしてまた「敵の屍とともに寝て……」唄いながら出てったよ。ワイシャツの襟《えり》には口紅の色が染《し》みついててね……俺が洗ったかって？……洗ってやったさ……けどそんな事どうでもいいじゃないか……

翌《あく》る日の晩、俺は行きつけの小さな飲み屋で一人自棄酒《やけざけ》飲んでた。昼休みに食事から戻るとまだ誰《だれ》も戻ってない部屋で京子と石黒が体つっつき合ってふざけててさ、俺が入ってくと京子視線を百八十度そらすんだよ、それ見たらもう完全に終わりだなと判《わか》って、腹立てるのも馬鹿馬鹿《ばかばか》しいし、酒飲んで忘れようと思ってね。ところが飲んでる最中に財布を会社へ忘れてきたことに気づいて、家へ電話入れて仲居に、「雅彦に金もたせてくれないか」伝えたんだが、二十分もして雅彦じゃなく、あいつが暖簾《のれん》の間から顔を出した。

「今夜は俺が奢《おご》るから」そう言ってあいつは自分も盃《さかずき》重ね始めたんだが、やがて、「実は隠してたけど、三日前に京子さんと会ってね……」「もういい。その話なら聞く必要ないよ」「言う必要もないね。昨日、あんたもあの娘《こ》から同じ言葉聞いたはずだから。女って男振るのにも理屈つけたがるね」「……」「相討ちだったんだよな」言ってあいつはちょっと笑った。

「相討ちって？」「俺、顔には出さなかったつもりだけど、あんたの反撥《はんぱつ》チクチク感じてたからさ、内心じゃチクショウって思ってたんだ……」敵の屍とともに寝て、と節をつけて続けると、俺の盃に酒を注《つ》ぎ、「まだ、京子さんのこと気持ちのどっかに引っ掛ってるだろ」と聞いた。

俺が黙ってると「正直に言いなよ。俺だって全部見られちゃってるのに、隠すことないよ」「そりゃあ、多少はな……腹も立つさ」「だったら……」あいつは急に背筋をピンと伸ばした。「俺が女の振られ方っていうの教えてやるよ……いつか父さんって呼ばせたいなら父親らしいことやれって言ったろう?」傍《そば》のピンク電話を引き寄せ、ダイヤルを回しだした。

ずいぶん長く待たされ、やっと相手の受話器がはずれたらしい、「ああミヨ子か、俺だよ」顔は冗談半分だと言うように笑っていたが、受話器の口へと、そう浴びせた声は、初めて聞く怒声でね、「昨日俺が何も喋らなかったんで、また手紙書くとか言ってたけど、余計なもの貰《もら》ったら迷惑だからな。だいたい俺が喋らなかったのはムカムカしてたからだ。責任感じてだって? 自惚れるなよな。俺はお前のことなんても う何とも思ってないぜ。いや最初から惚《ほ》れてなんかなかったよ。男が三回か四回抱いたからって惚れられてるなんて思い上がりもいいトコだよ。女って愛って言葉好きだなあ。そんなもん俺たちの間にかけらもなかったさ。それなのに責任なんて言葉どっから出てくるんだよ。俺は俺で幸福にやってるんだぜ。いいか、他人《ひと》の女房になる女から手紙なんか貰っても迷惑だっていってるんだ。もう二度と連絡なんかしてくるな！」ガチャンと受話器叩《たた》きつけて、ふうっと長い息を吐きだすと、俺の方をふり向き、「好きなら、上手《うま》く振られてやりたいよ」そう言った。

相変わらずニヤニヤ笑ってたよ。そうして自分の言葉に照れたのか、急に話題変えて「もうちょっと丁寧に洗ってくれてもいいだろ？」シャツの襟にまだうっすら口紅の跡が残ってるのをさし示したんだ。「贅沢《ぜいたく》言うな。俺が他人のもの洗濯したなんて初めてだから」「……」「どうしたんだ」「他人なのかな、やっぱりまだ……」「そう、他人だ」言ってる所へ、「友達かなんか？」主人がカウンター越しに声かけてきた。「他人だよ。赤の、真っ赤の他人！」あいつ、吃驚《びっくり》するほど大声でそう叫び、それから馬鹿みたいに大きな口あけて笑いだした。俺もつりこまれてちょっとだけ笑ったけど、後はただ二人ともおし黙って手酌《てじゃく》で酒飲み続けてね、ただ帰りがけに、前の日娘に会ってからずっと気になってたことがあって、「あの娘、お前の右腿に傷があるって言ってたけど、それ……お袋も知ってるのか？」聞くと、あいつは「親に向ける質問じゃないな」そう答えて、やっぱり冗談半分に笑ってたよ。

いや、ミヨ子って娘とはそれっきりじゃなかった。二か月ほどして、年末もおし迫ったころに、突然俺の会社の方へ電話かけて来て、あいつの親父《おやじ》が癌《がん》で入院したって。「三、四か月の生命《いのち》だそうですからあの人に伝えて下さい」機械みたいな声でそれだけを言って電話を切った。

もちろん伝えたけどね、あいつは「ふうん」と息ともつかぬ声出しただけで、「それより明後日《あさって》の結納《ゆいのう》、俺も紋付着なきゃ駄目かな」って話題変えちゃったよ。知ってるだろ？　お袋の友達の紹介で俺にあれから間もなく、子連れの未亡人との再婚話がもちあがって、温順《おとな》しそうな女性だから一か月足らず付き合って結婚決めたことは──結婚決めた理由？　さあ、それは俺にもはっきりわからないけど、ただ……あいつが俺のお袋と結婚した理由に似てたんじゃないかな。

本当はこれで終わりにしたいんだけど、もう一つ話しておかなきゃならないことがあるんだ。恥かくようであまり話したくないんだが……年が改まり、いよいよ結婚式も間近に迫って、新婚家庭のために借りたマンションの方へ荷物を運びこんだりしてる頃だったよ。会社の廊下で京子とすれ違ったとき呼びとめられてね、

「来月ですって、おめでとう。私の方も決まったのよ。もう時効になったから言うけど、去年の十月、お父さん訪ねてきた時──お父さんってあの新次って人だけど──

私ね、あなたと結婚したら損だから別れてほしいって頼まれたのよ」意外なこと聞かされたんだ。

「どうして？」

「さあ……もっとも私の方だって別れるつもりだったから、別にその言葉で決めたわけじゃないけど」俺の顔色が変わったのに京子は驚いた容子《ようす》だったが、その顔色をそのまま俺は家へ持ち帰った。

「いったいどういうつもりで俺と京子を別れさせようとしたんだ」お袋と雅彦が傍にいるのも構わず、あいつに食ってかかっていったよ。俺はあいつのこと完全に認めたわけではないが、それでも俺が結婚して家出たらお袋も雅彦一人だけが相手じゃ淋《さび》しいだろうからって、多少は許す気になってたんだ。それがこんな形で裏切られるとは思ってもなかったよ。

「どういうつもりなんだ。自分が振られたのに俺が幸福になるのが癪《しゃく》だったのか」言いながら腕がぶるぶる震えだしたのを、あいつは視線を遠くに退《ひ》いて冷やかに見守り
「殴れよ」と言った。

「腹立ってるんだろう、だったら殴れよ」その開き直ったような言い草にまたカチンと来て、俺の右腕は思わずあいつの頬《ほお》へ飛んでいた。あいつはよろっとして鼻から血

が流れたが、本当に起きあがりこぼしみたいにまたもとの顔に戻り、馬鹿にしたような微笑を唇《くちびる》の端に浮かべた。

「あんたに殴れって言ったんじゃないよ。俺は雅彦に、この子に殴れって言ったんだ」そう言って雅彦を見た。雅彦は困ったようにうな垂れてたよ。

「腹立ってるんだろ。だったらこいつ殴れよ」「どうして雅彦が俺に腹立てるんだ。雅彦は俺の味方――」「あんたは黙ってろよ。俺はこの子に言ってるんだ。こいつのこと殴れよ――殴れないなら父さんって呼べよ」「まだそんなこと言ってるのか。雅彦がなんで赤の他人のお前のこと……」言いかけて俺の口は感電でもしたように痺《しび》れ、先の言葉が続けられなくなった。俺は思わず雅彦をふり向いた。そしてまだうな垂れたままの雅彦の体をしばらく恐ろしいものでもみるように睨《にら》みつけていた。俺は会話がちぐはぐになってることにやっと気づいたんだ。去年の九月、あいつが雅彦に父さんと呼べと命令してたのは、自分のことじゃなかったんだ……

「そうだよ。俺は赤の他人だよ。だから俺のこと父さんと呼ぶ必要なんかないし、俺一度だってこの子に父さんと呼べなんて命令したことはないよ」

俺にもやっとわかった。あいつは雅彦に俺のことを父さんと呼べと言ってたんだ。

あいつは雅彦の両腕を摑《つか》み、揺さぶった。

「呼べないのか。呼びたいくせに呼べないのか」言うと「馬鹿野郎！　今、父さんと呼ばないと一生呼べなくなるんだぞ！」鼓膜が破れるほど大声で怒鳴り雅彦の体を俺の方へ力いっぱい押しだした。俺は雅彦の体と一緒に畳へ倒れ、雅彦はすぐに俺の体を離れると、わっと声をあげて泣き伏した。

俺はゆっくりと起きあがってお袋の顔を見た。お袋は目に涙滲《にじ》ませて俺を怒ったような目で見つめていたよ。俺はもう皆が何を考えているかわかってたが、頭に気持ちが追いつかず、ただぼんやりしてた。考えてみてくれよ。今まで弟だと、それも戸籍上だけの弟だと信じてきた雅彦が、血を頒《わ》けた子供だって、俺が父親だって、突然そんな事言われても、どんな顔すりゃいいんだ。

「父親らしいこと何もしないで何が父親だって言ったな。それは俺の言いたかったことだよ。こいつは去年の夏からみんな知ってたんだ。知ってたけど今まで兄ちゃんと呼んでた男が父親だって、しかも父親が自分のこと子供だとは気づいてないって、そんな残酷なことこの歳《とし》でどうやって納得するんだ。だから学校の先生には貰い子とだけ嘘《うそ》言って……馬鹿だよあんた、子供が父親だと思ってるのに、父親のくせしてそんな子供の気持ち何も知らずにいるなんて……こいつ、あんたを憎んでたよ、憎んでたけど、本当の父親なんだから一度ぐらい父さんと呼んでみたいじゃないか――そういう子供の気持ちも知らずにさ……」あいつの目からボロボロ涙が流れだし、お袋も泣き声になって、「馬鹿だよ、お前。あの女が子供産んだことも知らずに……」そう言った。

十三年前、俺の半年だけの女房だった和美は、俺と別れてアパートを飛びだした後、妊娠している事に気づいて、堕胎のための費用をお袋に借りに行ったのだった。お袋はその何倍かの金を出し、和美に腹の子を産ませ、自分が引きとったんだ。お袋は出てった俺が二度と家へは戻ってこないだろうと思ったんだよ。「それをのこのこ戻ってきて……今まで何度本当のことを言おうと思ったかわからないけど、お前には父親の資格ないよ。いつまで経《た》っても世間知らずの子供でさ。それなら私の子供として育てた方が雅彦も幸せじゃないかと思って……」

しかし去年の夏、雅彦が本当の母親に会って事情を知ってしまうと、そうも言ってられなくなったんだ。京子のことは、お袋とあいつが相談して別れてもらうことに決めたと言うんだ。そりゃそうだ。京子が子連れの男となんか結婚するはずないもんな。今度の再婚相手は、もう大方の事情を知っていて、自分も子持ちだし、俺さえ承諾すればいつでも雅彦を引きとると言ってるって。それでその晩、俺が戻る前に、お袋とあいつとで雅彦に、俺についていく気があるかと尋ねると、雅彦はしばらく黙りこんだ後で、小さく肯《うなず》いたんだって。それで今夜にでも全部を俺にうち明けようと言ってる所へ、俺が見当違いな向かっ腹を立てて戻ったわけだよ。

「お前、本当に馬鹿だよ。私はね、雅彦のことは心配してなかった。親二人が出来が悪くても賢く育ってくれたから、私が言えばきっとわかってくれると思ってた。心配してたのはお前のことだよ。雅彦が子供だと知ったら、面倒がってまたこの家逃げだしゃしないかって……いつ、どんな風に切りだしたらいいかってみんな、雅彦までオロオロさせてさ……馬鹿だよ、本当に、お前……」

お袋はヒーヒー泣くし、あいつはボロボロ、雅彦はワァワァだし、肝心の俺ひとりが涙も出せずポカンとしてさ。非道《ひど》いよお袋も、俺、そんな出鱈目《でたらめ》な男じゃないよ。最初から事情教えてくれてりゃ、俺、雅彦のこと自分の子供として大事にしたし、結婚相手に京子なんか考えないで、雅彦のこと可愛《かわい》がってくれそうな女探してたよ。それを十三年経って突然だもん、本当にお袋の言う馬鹿そのままにボーッとしてるより他《ほか》ないじゃないか。見ると、あいつは雅彦を抱え起こして何か慰めの言葉言ってる。またもあいつがいい所攫《さら》って、俺が悪者だもんな、みんな非道いよって、そんなことぼんやり思いながら「雅彦、本当に俺についてくるのか」俺、やっと、それだけを言った……

雨降って地固まると言うけど、雅彦が俺の言葉に肯いてその修羅場《しゅらば》が何とか治まると同時に、庭に雨音が響きだした。雨は翌朝まで続いて、俺は寝つかれないまま少し早めにベッドを離れ、雅彦の部屋覗《のぞ》くと真ん丸な顔して眠ってんだ。これが俺の子供かって、実感はまるでなかったけど、今までだって仲良くやってきたんだし、これからだって何とかなるだろう、そう思いながら階下へ降りると、あいつが縁側に座って、真冬だというのに罐《かん》ビール飲みながら、雨の庭見てた。

「済まなかったな」あいつの目の下に紫の痣《あざ》があるのを見つけて、そう謝まると、あいつは首を振ってしばらく黙ってビールを飲んでいたが、やがて「俺、これで少しはあんたの気持ち動かせたのかな」と聞いてきた。俺は舌打して肯いたよ。「相討ちって言ったけど俺の負けだ。負けて当然だよ。あんな凄《すご》い切り札隠されてりゃ」「いや、やっぱり相討ちだよ。あんたの気持ち動かして、やっとこの家の全部動かして、けどたった一人動かせなかった奴《やつ》いるよ」そう呟《つぶや》いて、視線を庭石に投げた。

親父《おやじ》の形見の石は、冬のほの白い夜明けの中で、冷たい雨の針を撥《は》ねのけ、苔《こけ》の鎧《よろい》をしっかりと纏《まと》い、燦然《さんぜん》と燿《かがや》いてた。俺にも父親としてこんな風に苔生《こけむ》す日が来るだろうかって妙にしんみりして考えてると、あいつも似たこと考えてたらしく「父親っていうのは本当に強いよ。死んだ後でもあんな物凄い重さで子供の体の中に居座ってるんだから」笑うように唇歪《ゆが》めて言った。

遠い物でも見るように庭石見守ってるあいつの目見てたら、俺、もしかしてあいつの父親最近死んだんじゃないかって、あいつそれ知ってて俺達には知らん顔してるんじゃないかって思えてきた。きっとそうなんだ――そう考えて、俺にはあいつが前の晩どうしてああも涙流したか、いや、あいつがこの家でずっと何をやってたのか、やっとわかった気がしたよ。

あいつは、冷たい、父親らしいこと何一つしなかった自分の父親のかわりに、この他人の家で優しい、もの分かりのいい、理想的な、完璧《かんぺき》な父親演じてたんだ。それが、あいつの父親への反抗だったんだ。父親の理想ってのやって、自分の中に棲《す》みながら冷やかに視線そらし、自分を拒み続けてる父親と戦ってたんだよ。この家はあいつの本当の家の縮図だった。父さんと呼べず、俺の視線の陰に黙って蹲《うずくま》ってた雅彦の中にもあいつがいたし、四歳年下の新しい父親に矢鱈、反撥の目見せた俺の中にもあいつがいた。そんな雅彦を可愛がり、そんな俺の反撥にも嫌《いや》な顔一つ見せず、あいつ、遠くに棲む父親に「こうやるのが父親なんだ。これが親のやり方なんだ」って必死に叫んでたんじゃないかな――

前の晩あいつが言った言葉ね、「今、父さんと呼ばないと一生呼べなくなるんだ」とか「本当の父親なんだから一度ぐらい父さんと呼んでみたいじゃないか」とか、あぁいう言葉、雅彦じゃなく、自分に言い聞かせたんじゃないかな。死んでく父親に一度も会いに行こうとしなかった自分に腹立ててさ——そうして自分と父親とがとうとう結べずに終わった糸で、雅彦と俺とを結ぼうとしてくれたんだな。

ミヨ子って娘が、あいつが大学一年の時に家飛び出したって言ったの思い出してね。だとするとだいたい十三年前だろ。雅彦と俺が十三年ぶりに親子の名乗りしたみたいに、あいつも十三年ぶりに今、庭石の中に居座ってる俺の親父通して、自分の父親と対面してんだって、そんな気がしてさ……

「一つやっていいかな」あいつは俺に声かけると、不意に腕大きく振りあげて、力いっぱいビールの罐を庭石に投げつけた。罐は雨脚ん中、弾丸みたいに突進して、カーンと気持ちいい音で石の尖《とんが》りにぶつかると、簡単に撥ねのけられ、濡《ぬ》れて鼠色《ねずみいろ》になった枯草の中に落ちた。真二つに折れるみたいにへこんでさ。けどぶつかった時、穴から噴きだしたビールの泡《あわ》が白く石の膚《はだ》を流れ落ちてね、……何か石が涙流してるように見えたたな。

ピエロ

「俺《おれ》なら、いいよ」

計作《けいさく》はいうと、いつもの癖で、浄瑠璃《じょうるり》人形の頭《かしら》が表情変えをするように太い三角眉《さんかくまゆ》を思いきり吊《つ》りあげた。

真新しい、まだ黒光りのしているジャンパーのせいか、ベースバンに丸味をつけたような顔が、いつも以上にとぼけて見える。美木子《みきこ》がじっと見つめているのに気づくと、今度は舌をひょいと突きだして呆《とぼ》けた顔になり、折角に着こんだそのジャンパーを脱ぎ始めた。顔の造作は太い眉の他《ほか》には別に目立つ所はないのだが、そんな剽軽《ひょうげ》た表情を作るときだけ、実際、文楽人形と同じで仕掛けでもあるように、唐突に目や鼻や口が大ぶりになるのである。

まずいな、と美木子は思う。

間《ま》が悪かったのだ。新品のジャンパーに着替える前に、「ごめんなさい。今夜、都合悪くなったのよ。さっき友達から電話がかかってきて」その言葉を言うべきだった。

どういうルートがあるのか革製品を格安に売り歩いている商人から美木子が買ってやったそのジャンパーに、半月近く腕を通さずにいたのは、今日の結婚記念日を待っていたからだろう。毎年、結婚記念日の夜は銀座や新宿に出て食事をすることにしている。今日で五度目の記念日だった。

そう言えば夕方頃《ごろ》から何度も玉暖簾《たまのれん》から首を突きだしては店の客の具合を見ていた。これなら定時に店を閉められそうだ、そう思いながら、こっそり箪笥《たんす》からジャンパーを出して、ブラシでもかけていたに違いない。七時になり、「さあ行くぞ」勢いこんでジャンパーを羽織って、一昨日《おととい》床屋で短く切られすぎた髪を気にしながら櫛《くし》を通しているところへ、「ごめんなさい」になったのだ。美木子も亭主《ていしゅ》が今夜の外出を楽しみにしていたのはわかっていたから、ぎりぎりまで口にしづらかったのだが、やはり、ジャンパーを着こむ前に言うべきだった。

着こむ前と後では大した違いもないはずなのだが、普通とはちょっと違う夫婦は、こんな時、変に気を使ってしまう。亭主の計作が「俺なら、いいよ」とさらりと逃げてくれることがわかっていただけに、なおさらだった。

「私、やっぱり、友達のほう、断る。だいたいあの人嫌味《いやみ》なのよ。亭主と上手《うま》くいってないから相談にのってくれって――美木子さんならきっとわかってくれるわだなんて」

「どうして、それが嫌味?」

「だって私も亭主で苦労してるみたいな言い方じゃないの。言ってやれば良かったわ。うちは夫婦仲どこよりも上手く行ってるから、何の役にも立たないわよって」

「いいじゃないか。女髪結いは亭主で苦労して一人前ってとこあるから」

「落語じゃないわよ、私たちは……」

「落語でいいじゃないの。いいよ、それで。俺、そういうの好きだから——いいよ、ほんと、俺なら。角《かど》で飯食って、パチンコでもやってくる。帰り遅くなる?」

「——そうねえ……十一時まわるかな。安子の愚痴とまらなくなるから」

「だったら螢《ほたる》の光まで粘れるな。いい台見つけたんだよ」

計作は、結婚して以来五年、もうすっかり擦りきれて、革というより紙のようになってしまったジャンパーを羽織ると、ひょいひょい、いつもより大袈裟《おおげさ》にガニ股《また》を曲げて階段をおりていった。わざと道化《どうけ》て自分は何も気にしていないと美木子を安心させようとしていることも、実際何も気にしていないこともわかっているのだが、何となく後ろめたい気持ちが残る。

後ろめたさの一番大きな理由は、高校の頃からの友達である安子からの電話というのが嘘《うそ》だからである。いや確かに安子から「相談にのって」という電話があったのは事実なのだが、それには、「私じゃ何の役にも立たないわよ」先刻計作に言った通りの言葉を本当に返して切ってしまったのだ。実際、女房が美容院を経営していて亭主が定職をもってないからといって、苦労させられてるなんて偏見もいい所だ。計作は安子の夫みたいに女道楽でもなければ、仕事を口実に女房など全く顧みない冷たい男でもない、むしろ正反対なのだ。先々月安子から愚痴を聞かされた時、はっきりそう言ってやったのだが、「優しいって、そりゃお宅は仕事してないからよ。ウチみたいに仕事でも上役と呼ばれるようになると、女房は日陰者になるしかないのよ」愚痴か自慢かわからない言葉になって、いくら答弁しても、美木子が持ち前の気丈さで夫を庇《かば》っているとしか考えようとしなかった。

もう二度と相談にのってやるものかと思い、事実、夕方に二か月ぶりでかかってきた電話は叩《たた》きつけるように切ってしまったのだが、問題は、その直後に皆川からかかってきた電話である。

「明日から二か月ほどヨーロッパに行くんだよ。今夜やっと時間空《あ》いたけど逢《あ》えないかな」

そんな言葉に、ちょっと迷ってから「ええ」と答えてしまったのだった――

計作がまた丁寧にハンガーに戻《もど》したジャンパーの黒い艶《つや》がふっと消えて、質流れの安物のように見えた。本当に質流れ品かもしれない。市価の半額以下のものを、さらに二千円値切って買った、そのことにも多少の後ろめたさがある。先月、皆川には二万もするネクタイピンを贈っているのだ。

「先生――」

　階下から、良子が声をかけてきた。去年から勤めている娘である。顔に似合ったふっくらした声で、「今、旦那《だんな》さん、掃除は俺が帰ってきてやるからって出てったんですけど、本当にいいんですか」と言った。

「だったら、いいわ、もう帰っても」

「はーい」

　いつもの間のびした返事を聞き流し、美木子は外出の支度を始めた。化粧を済ませ、計作のジャンパーを洋服簞笥に戻しながら、藤色《ふじいろ》のワンピースをとりだし、簞笥に貼《は》ってある鏡の前であてがってみた。この春頃から肌《はだ》の色艶がよくなったと店の客に言われるようになった。春と言えば恰度《ちょうど》、中学の同窓会で十何年ぶりに皆川と逢った時期で、美木子にも肌の張りがその一人の男のためであることはわかっていた。藤色のワンピースは結婚当時のもので、三十も半ばになってはもう着られないだろうと、この二、三年は押入れの隅《すみ》に眠らせておいたのだが、先月冬物をとりだしていた時に何気なくあてがってみると、目尻《めじり》の皺《しわ》などはごまかせなくなっているものの、顔の艶は まだ服の色と充分太刀《たち》打ちできている。今度、皆川に逢う時に着ていこうと、ウェストを三センチほど出して簞笥に吊《つる》しておいたのである。

心なしか計作の革ジャンパーの匂《にお》いがしみている。美木子は「俺なら、いいよ」と言って計作がつくった滑稽《こっけい》な顔を思いだし、藤色の服を戻すと、一番地味なセーターを着てデパートの特売で買った灰色のコートを羽織り、階下へおりた。

まだ冬は始まったばかりだが、店の入口の「クローバー美容院」と名の入ったガラス扉ごしに商店街の燈《ひ》は冷たく見える。真向かいの金物屋はもうシャッターをおろしかけている。良子は店をまったく片づけずに帰ってしまったらしい。初めのうちは現代っ子だからかと思っていたが、どうも生来、鈍重な所があるようである。開店当初から勤めている幸江などは、計作から「後で俺がやるから」という言葉が出ても必ず掃除は済ませてから帰るのだが、良子は命令されたことしかしないのである。

もっとも、だからといって美木子には良子が責められなかった。腕がいいのでもう既に何人かの客を握っているし、計作がちょっとした伝《つて》を頼って青山の女優たちも出入りする美容院から引き抜いてきてくれたのである。いや、そんなことより、美木子自身が計作の「後で俺がやるから」という言葉に、「そう、悪いわね」と答えるのが、いつの間にか習慣になってしまっている。正直言って、最近は計作が店のブラシに絡《から》みついた髪の毛を一本一本針でとってくれたり、鏡を磨《みが》いてくれたりするのにも有難《ありがた》味《み》が薄くなって、「悪いわね」も掛け声に過ぎなくなっている。

それでも時には計作がひき蛙《がえる》が跳ねるような恰好《かっこう》で雑巾《ぞうきん》をかけていたりすると、本当に悪いなという気持ちにもなるのだが、口に出してしみじみと「ごめんなさいね、こんな事までさせて」と言ったとしても、「だめだめ、そういう台詞《せりふ》。亭主なんかに気、使ってちゃ一人前の美容師になれないなあ」という言葉が返ってくるのが落ちである。そんな際も、ひょいと雑巾を小指で皿《さら》まわしのように回して、落ちかけるのを「おっとっと」おどけた仕草で受けたりしているから、他人が聞けば冗談を言ってるとしか思えないだろう。計作は本気だとわかっていながら美木子自身にも冗談としか思えないことがあるのだが、一緒に暮すというのは不思議なもので、夫の普通の男とは違う所もいつの間にか見えなくなって、そんな言葉もごく自然に受けとめ、この人はこういう人なのだからと割りきってしまっている。そう割りきり、この一、二年、隣の鶯谷《うぐいすだに》からわざわざ国電に乗って客が来てくれるほどに繁盛《はんじょう》し始めた仕事の忙しさを弁解に、夫に下働きまがいの仕事までさせている後ろめたさに目を瞑《つぶ》ってきた。

誰《だれ》もいなくなった店内には、仕事をしている時には忘れているシャンプーや髪油の匂いが強くたちこめている。

計作は口ではパチンコ屋で閉店まで粘ると言っていたが、本当は一、二時間で戻ってきて、店の掃除を済ませるだろう。美木子が帰ってきて「掃除してくれたの、悪かったわね」と言えば「いやさあ、じゃんじゃん入って九時には打ちどめだよ。すっかり機嫌《きげん》よくなってさ、体動かしたくなっただけだよ」そう答えるに決まっている。景品だと見せびらかす煙草《たばこ》の数が決して打ちどめになるほどのものでないことも、計作がパチンコなど本当は好きではないことも美木子にはわかっていた。

この女臭い匂いの中で、一人でも「よいしょっと。おっとしまったしまった、バケツ倒しちゃったよ」おどけながら掃除をしている男の姿を想《おも》い浮かべると、美木子の胸を夜の空気に似た冷たい針が刺してくる。習慣になってしまった夫の掃除に、今夜改めて後ろめたさを覚えるのは、やはり結婚記念日という夫婦にとって大事な夜に、夫より他の男を選んだせいだろう。

その後ろめたさを、美木子は皆川との約束の時間に十五分遅れていくことで拭《ぬぐ》おうと決めた。十五分間で簡単に店内を片づけて、外に出ると、ちょうど通りかかったタクシーを拾った。

車が商店街を抜けるところで、美木子は「ちょっと停《と》めて」と運転手に声をかけた。冬の夜がアーケードのネオンをいつもより冷たく銹《さび》くさく浮かびあがらせた下に、角の食堂の燈だけが妙に暖かそうに見えた。中で夫は今夜もウェイトレスや他の客たちを笑わせているに違いない。美木子はほんの数秒だが、車をおりて夫に「ごめんなさい。友達に逢いにいくっていうの嘘なの」と断ろうかと真面目《まじめ》に考えた。「皆川さんに逢いにいくの。別に何でもないの。この春から息ぬきに、月に一、二回逢ってただけ。明日ヨーロッパに発《た》つというから」そう言ったとしても、夫は「いいよ」と言ってくれるに違いない。

計作はそういう男なのである。

だが迷ったのは数秒だけだった。結局美木子は「車出して」と運転手に言い、その暖かそうな燈を後にした。

計作が「いいよ」と言ってくれる男だけに、何も話してはならないのだし、皆川との間が本当に何でもないのか、美木子には、はっきりとそう言いきるだけの自信はなかった。

「俺なら、いいよ」という夫の口癖は、結婚して最初の二、三年には今よりずっと重いものがあった。

美木子と計作は見合い結婚である。

計作を知るまで、美木子には結婚の意志がなかった。高校を出ると同時に友人の母親が銀座に出している大きな美容院に勤め始め、女の城のような職場では大した男との接触もないままに十年が過ぎてしまった。

三十の声も間近になって、貯金もある程度はできたことだし、どこかに小さな店をもって、一生独身のまま美容師の仕事を続けようかと真面目に考え始めた頃である、見合いの話を出したのは、銀座の店の常連客だったある自動車会社の営業部長の夫人で、夫の部下にいい人がいるからと無理矢理勧められたのだった。ホテルのレストランでの見合いの席に出るまで、美木子としては、ただ一度逢って義理を果たせばいいという気持ちしかなかった。相手の男は美木子より二つ歳上《としうえ》でもう三十を過ぎていたが、写真そのままの三角眉を変にぎごちなく上げ下げしながら、美木子と同じで無理矢理その場へ引きずられてきたという感じだった。

美木子は多少性格に男っぽいメリハリのしっかりした所があって、年齢以上に落ち着いていると見られるのだが、実際にはそそっかしい所も人一倍もっている。初めての見合いの席であがってもいたのか、美木子は自分のコーヒーに、隣の部長夫人の紅茶についてきた小皿のレモンを入れてしまった。そうと気づいて、どうしようと顔を手で覆《おお》いたいほど赤くなった瞬間、目の前の男が、笑いを押し殺そうとしたぶんだけ一層派手に吹きだし、口に含んでいたコーヒーをテーブル一杯に吐きだしたのだった。後で「ごめんなさい。三枚目すぎたわね、今度はもう一枚上を紹介するわ」部長夫人にそう言われた時、「いいえ、あの、少しつき合ってもいいと思っているんですが……」美木子はしどろもどろに答えていた。

相手の失敗で、美木子の失敗は隠された形になり、「スイマセン」を連発してボーイにまで大袈裟に頭を掻《か》いてみせている相手を見ているうちに美木子はこの人もしかしたら自分の失敗を救《たす》けるためにわざとコーヒーを吐きだしたのではないかという気がしたのだった。

半年の交際で結婚した。容姿も性格も三枚目だったが、コーヒーの失敗に感じた優しさみたいなものが尾をひいたのと、「結婚しても美容師の仕事続けたいけど」という言葉に「いいよ、俺なら」と答えてくれたのが、美木子が結婚に踏みきった理由だった。

狭いアパートで一年間、共稼《ともかせ》ぎ暮しをしたのち、「そろそろ自分の店もつこと真面目に考えたいんだけど」と言った時にも、返答は「俺なら、いいよ」だった。不動産屋から銀行まで駆けずりまわり、自動車会社の営業マンとして鍛えた口と持ち前の愛敬《あいきょう》で、上手く話をまとめてくれた。さらに一年後には日暮里《にっぽり》の商店街の一画に、小さいながら今の店を開くことができたのだが、「しばらくは今まで以上にあなたの面倒みられなくなるわよ」と言った時も、「いいよ、俺なら」当然のことのように答えてくれた。

開店して一年半ほどは、経営は苦しかった。駅前にもっと大きな美容院が二軒もあって、なかなか客がつかめなかったうえに、月々、銀行へ多額の返済をしなければならない。計作はボーナスを全部店の経営にまわしてくれたり、金銭的にも精神的にもいろいろと美木子に協力してくれたのだが、一年半後の夏、とうとうどん底が来た。固定客が何とかつくようになったのだが、銀行の返済のために家族や友人たちから借りた金が二百万を越えて、もう店を手放す他なくなったのだった。「今月は店の子にも給料出せないのよ。先月は何とかあなたのボーナスでやりくりしたけど」深夜遅く、仕事のつき合いで少し酔って帰ってきた計作にそう愚痴をこぼすと、「俺、会社辞めるよ」不意にそんな返答が戻ってきた。

十年勤めあげたのだから、今辞めれば、退職金が百二、三十万は出る、それだけの金があれば、三、四か月はどうにかなるだろうと言うのである。

「そんな無茶言っても」美木子は冗談としか思わなかったが、計作は本気のようだった。「どうして無茶かな」「だってもう幾らつぎこんでも駄目《だめ》よ、この店。あなたの退職金前借りしてもらおうかとも考えたけど無駄金になるのわかっているし、それよりも店売り払って借金返して、残りで小さなマンションでも借りて、会社員の奥さんとして一から出直した方がいいのよ」「結婚する時、店もつのは一生の夢だって言ってたけど、それ棄《す》てちゃうわけ？」「棄てるより他ないわよ。あなたに仕事棄てさせるわけにいかないじゃないの」「棄てるよ、俺」あっさりと計作は言った。

見開いた目で眉《まゆ》を押しあげ、顔は冗談なのだが、声は真面目だった。「棄てるよ、俺」もう一度言って、そのとぼけたような顔がゆっくりと笑顔に変わっていくのを、美木子は信じられない思いで見つめていた。「俺の仕事は別に夢ってほどじゃないから。夢の方が大事だよ。俺、あんたの一生の夢につき合うよ」「でも百二、三十万のお金じゃ、ほんと、どうにもならなくなってるから」「俺がもっと真剣に手伝えば、客の数増やすことができると思う。客が増えたら、裏方の仕事忙しくなるだろう。そういうの、俺やるから」「本気で言ってるの？」計作は肯《うなず》いてひょいとさげた頭を掻きながら、「実は会社の部長と昨日大喧嘩《おおげんか》しちゃってね、部長に睨《にら》まれたらサラリーマンの将来なんてないから……」「待ってよ。部長さんなら私たちの仲人《なこうど》じゃないの」

「仲人なんて要らないじゃないか。俺たち、これからだって幸福にやっていけそうなんだし」「違うわ。仲人なんだから、あなたがちょっと頭さげれば、許してくれると思って……」「いや、それだけじゃないんだ。十年間、営業といってもセールスばかりやらされてきたんだ。俺、人の気持ちつかむの上手いから、成績いいだろ？　あいつにはいつまでも販売やらせときゃいいって、そんな空気があるんだよ。いい加減、厭《いや》になってるとこだし」「こんな際《とき》に気弱なこと言われたら困るわ」

結婚して以来、会社の愚痴など一度も聞かされたことがなかっただけに、意外に思いながらも、美木子は抵抗した。「あなたの給料が入ってくるという安心感があったから何とかやってこれたのだもの。今、その安心感まで棄てたら、どうにもならなくなるわ」

しばらく黙っていた計作は、「逆だな」ぽつんと呟《つぶや》くように言った。「その安心感が余分だったんだよ。俺がちゃんとした仕事もってるから、こんな店一軒潰《つぶ》してもいいって気持ちどっかにあったんじゃないかな。結婚せずに一人でやってたら、これぐらいの崖《がけ》っぷちなんか突っ走ろうという気持ちになってたと思う。弱気はあんたの方だよ」「でも会社辞めて、店も借金だけ残ったら、どうするの」「そうしたら、ラーメンの屋台二人で引けばいいさ。俺、そういうの憧《あこが》れてたんだ。子供の頃《ころ》、年寄りの夫婦がボロの屋台引いてよく街を歩いてるのみてさ。俺、電車の車掌になろうか、屋台にしようか、真剣に迷ったもんね」

美木子は思わず吹きだしてしまった。計作は団扇《うちわ》をとって美木子に風を送った。風までが飄飄《ひょうひょう》としていて、美木子は自分が深刻ぶっていたのが馬鹿馬鹿《ばかばか》しくなってきた。実際、この男となら屋台引くような暮しでも結構楽しくやっていけるのではないか、という気がし始めた。それに「俺が手伝えば客の数を増やせる」という言葉は充分信頼のできるものだった。この所、商店街の主婦や娘の客が増えてきたが、それは計作が一杯ひっかけにいった居酒屋で店の宣伝をしてくれたり、休日に商店街を歩いて煙草やちょっとした買物をしたついでに立話をして、その中に巧みに店の名を織りこんでくれるからだった。この数年、会社で車の販売台数の首位を守り続けているというその口と、持って生まれた人を惹《ひ》きつける力で、今までのような片手間ではなく真剣に宣伝部長を勤めてくれたら、確かに客はもっと増えそうだった。

いっそ肯いてしまおうか、いやそれではあまりに危険すぎる、迷い始めた美木子の気持ちに切りつけるように、計作は空いた手を突きだし、「頼む！」拝む恰好になった。

「俺、もう明日にでも会社辞めたいんだよ。——お願いです。俺を救けると思って……俺、あんたのこと愛してますから、あんたの夢に協力させて下さい」

得意の芝居がかりになったが、美木子はふっとこの芝居がかりに自分の方こそつき合ってみようかという気になった。

それでもさらに一日考え、翌日の晩、「昨日のこと本気で言ったのね」そう念を押してから、「思いきってあなたの言う通《つ》りにしようと思うのだけど」切りだすと、「助かるなあ」大袈裟《おおげさ》な安堵《あんど》の息を吐いて「部長の顔見たくなくて今日も一日外歩きしてたんだ……そうか、これで俺も晴れて髪結いの亭主《ていしゅ》か」よろしくお願いしますというように頭をさげ、本当に大丈夫だろうかと心配して見あげている美木子の目を誤解して、「俺なら、いいよ。俺、そういうの好きだから」この時もそう言って、三角眉で見得《みえ》を切ってみせた。

今考えても、何故《なぜ》あの時、夫の無茶な言葉をああも簡単に受けいれてしまったのか、よくわからない。計作には先天的に、人の気持ちを摑《つか》む才能があるとしか言い様がなかった。あの時、もし夫が真面目な男で、一緒に暗い顔をされたとしたら、美木子は本当にどうしたらいいか困り果ててしまっただろう。ふざけた顔と言葉で、美木子の胸に突き刺さっていた悩みの棘《とげ》を柔らかく包みこんでくれたので、美木子は救われたのだった。

この人の言葉に従おう——よくわからないままの決心が、しかし正解だったことは、それから半月も経《た》たぬうちにわかった。

残務整理のために、会社は一か月後にしか辞められなかったが、その間からもう会社のことなどそっちのけで、美容院のために獅子《しし》奮迅《ふんじん》の活躍を見せてくれた。

そうはいっても真面目に骨身を削っているといった印象はまるでなかった。会社を休める日には昼ごろに目を覚まし、寝癖のついた髪のまま、バラ銭と煙草を尻《しり》ポケットにねじこんで「ちょっと出掛けてくるわあ」欠伸《あくび》まじりの声で出ていく。そして美木子が店を閉め、商店街の燈《ひ》が消える頃に戻《もど》ってくると、ポケットからマッチの軸を何本かとりだし、「今日はこれだけは固いな」キャンディ用のガラスの壜《びん》に入れた。「何してるの?」と言っても「まあ、そのうちわかるさ」そんな呑気《のんき》な言葉が返ってくるだけだが、実際そのうちに、美木子にも、計作が外出から戻るたびにガラス壜の中に貯《た》まっていくマッチの軸の意味がわかってきた。マッチ棒の数に比例して、新顔の客が急速に増え始めたのだった。

大抵は商店街やその近辺の住人だった。その客の言葉から、計作が、人の集まる喫茶店や食堂に顔を出して客の勧誘をしていることがわかった。

勧誘といっても積極的に美容院の名を宣伝するわけではないらしい。世間話をして最後に、「俺、そこの美容院の——知らないかなあ、小ちゃな店で潰れかけてるからさ、クローバーってんだけど」ひと言つけ加えるだけのようだった。「お宅の旦那《だんな》さん、面白《おもしろ》い男なんだって。うちの亭主すっかり気に入ってさあ」今まで美木子が買物をしても挨拶《あいさつ》一つしなかった薬屋のおかみさんが、鏡の中で愛想いい顔を見せるようになったし、「この間、旦那さんに迷惑かけちゃったわよ。十分ほど留守番してもらった間に、大根全部売ってもらったのよ」八百屋のおかみさんが残り物の野菜をお礼にもってきてついでにパーマをかけていくし、「なんだ、今日はおじさんいないの」週一回必ずセットに来るようになったパチンコ屋の女店員が、がっかりした声を出す。

ひと月も経つと、日曜日にはシャッターをおろす商店街の奥さん連中で、店内がごった返すほどになった。そんな際には計作は店の隅《すみ》に座り、待ち客の相手をする。

「会社倒産しちゃってね。髪結いの亭主なんだよ。うちの奥さん、こんな顔してても恐《こわ》いんだよ。ごろごろしてると、むこう脛蹴《ずねけ》ってくるんだ。ほらね、痣《あざ》できてさあ」ズボンの裾《すそ》をめくりあげ前日階段から転げ落ちた際の傷を見せて、客達を笑わせる。美木子も漫才の要領だと思って夫の嘘《うそ》に適当な相槌《あいづち》をうっているが、計作はまったく自然に、油を売っているとしか思えない顔で、巧みに客の気持ちを惹きつけているのである。成果はすぐに売りあげに出てきた。

退職金が実際には八十万しか出ず、それも秋まで支払われなかったので、二、三か月のやりくりは大変だったが、店で使っている二人の娘は給料が遅れるのにも文句を言わなかった。計作がそれぞれを近くの喫茶店に呼んで、ただのコーヒー一杯で説得してくれたのである。

商店街にひと通り宣伝がゆき渡ると、計作は今度は以前より多少多めの金をポケットにねじこんで、近くにある飲み屋街を開拓するようになった。深夜遅く相当に酔って戻ってくると、マッチ棒をガラス壜の中に落とす。酔いが深いほどマッチ棒の数は多かった。

実際にその数どおりに客が増えるわけではなかったが、秋を迎える頃には、夕方近くの時間は、水商売の女達が椅子《いす》を占領し、美木子達はてんてこ舞いの忙しさになった。

計作は特別、酒に強い体質ではない。ある晩戻ってきて、片手では握りきれないほどのマッチ棒を壜に押しこむと、そのまま店の髪洗い台に屈《かが》みこんで、吐きはじめた。美木子が背をさすりながら、「何もそう無理して飲まなくても」と言うと、吐いている途中にふり返り「吐くってのは気持ちいいんだよ。俺、それ楽しみに飲んでんの、知らなかったっけ」舌を突きだし、ウェッと吐く真似《まね》をしてみせると、そのまま本当に突きあげてきたらしい吐き気に慌《あわ》てて台へと顔を戻した。瞬間真剣に歪《ゆが》めた顔さえも、美木子には冗談としか思えなかった。

「旦那さんの安来節《やすぎぶし》って絶品ねえ」

クラウンという大きなキャバレーのホステスに言われて、計作がショーの合い間に舞台にあがって、安来節を踊って客達の喝采《かっさい》を浴びたことがあるとわかった。「何もそこまでしなくても」と言ってみたが、「好きでやってるんだよ。俺、酔うと体がむずむずしてくる気質《たち》でね。会社の忘年会で一等賞貰《もら》ったことあるんだから。今度、酔ったら見せてやるよ」そんな言葉で逃げられてしまった。

気質というより体質なのだろう。生まれつき人を楽しませるように顔や体の構造ができているとしか思えなかった。人を楽しませることで誰《だれ》より自分も楽しんでいるようでもあった。安来節に限らず、「何もそこまで」と思うことをしょっちゅうやってみせたが、それが確かに美容院の客の数にはね返ってくるので、美木子は文句を言えなかった。

生活費を極端に切りつめたせいもあって、その年の末には銀行以外の借金は全部返すことができたし、翌年の春には収入が出費を相当に上まわって、貯蓄の余裕もできるようになった。

しかし客の数が増えるということは、それだけ美木子たちが忙しく働かなければならないことである。新しい娘をもうひとり傭《やと》ったが、それでも追っつかなかった。「もうひとり傭った方がいいんじゃないかしら」そう相談をもちかけると、「いや、わざわざひとり傭うほどではないな」「でもちょっとした掃除とか、洗濯《せんたく》なんかに困るのよ」「それぐらいのことなら俺がやるよ」「でも大の男にそこまでやらせられないじゃないの」美木子の言葉に、計作は怪訝《けげん》そうな顔を返し、「俺、中肉中背だよ」真面目《まじめ》な声で答えると、この時も「俺なら、いいよ」と言った。

一度酔ったら見せてやると言われた安来節は結局今日まで見せてもらわなかったが、店の掃除をしている時の腰の動かし方や、窓ガラスを磨《みが》く手つきで想像がついた。客がいる時にもカットした髪を掃きに出てきたりするが、体が浮き浮きしていて、この男には掃除や洗濯までが人に見せる芸ではないかという気がする。

計作の実家は大阪で織物問屋をしている。男ばかりの六人兄弟の末っ子だが、計作以外は皆、真面目な仕事についているし、厳格だという父親に似て堅物揃《かたぶつぞろ》いである。いや計作だって美木子と結婚しなければ、自動車会社の営業マンとして堅気のまま一生を終えたのかもしれないが、美木子と髪結いの亭主という座とを得て、それまであまり目立たなかった「おかしな所」が水を得た魚のように発揮され始めたのかも知れなかった。

「親父《おやじ》はね、祖母《ばあ》さんが旅芸人と過ちおかした時の種らしいって聞いたことあるよ。その血が俺だけに出たんじゃないかな」

いつか聞かされた言葉も、あながち出鱈目《でたらめ》ではないように思えた。

ステージ・ママという言葉があるが、会社を辞めてから、今日までの一年半の計作は、ステージ・ハズとでもいう存在だった。美木子を美容院という舞台に立たせ、一流の美容師に育てあげるために、楽屋裏の陰の力となってくれたのである。

見習いとして傭った新しい娘がまるで不器用で仕事にならず半年で辞めさせなければならなくなった時、相手を傷つけないよう話を決めてくれたのも、そのかわりに今の良子を青山の一流美容院から、それより安い給料で引き抜いてきてくれたのも計作だった。繁盛《はんじょう》すれば、嫉《ねた》まれもする。駅前の美容院の女主人が出鱈目の噂《うわさ》を広めて厭がらせに出た時、貰い物のメロン一つを新聞紙にくるんで挨拶にいってくれたのも計作だったし、店の中で商店街の主婦とホステスとが摑みあいの喧嘩《けんか》になりかけた時、間に飛びこみ笑い話で終わらせてくれたのも計作だった。

のんびり屋の良子が、よそ見して剃刀《かみそり》で客の耳に傷を負わせてしまい、その亭主が「警察沙汰《ざた》にする」と電話で怒鳴ってきた時も「俺が謝まりにいくよ」と言ってくれたし、細かい気配りが得意なくせにどこかぬけたところのある美木子が、客から預かった財布を、他の初顔の客に渡して戻ってこなくなった時にも、「俺の責任にしろよ」と言ってくれた。

「いいよ、俺なら。俺、そういう役まわり好きなんだよ」

「俺、楽しんでるんだ。髪結いの亭主っての楽しいんだよ」

そんな言葉に甘えて、妻らしいことも何もしないまま一年半が過ぎたのだった。楽しんでいるというのは強がりでもなんでもないようだった。髪結いの亭主を気取っているというのか、この一年ほど金回りも順調になってくると、昼ごろ起きてきて、乱れた髪とだらしない恰好《かっこう》で出ていって、パチンコ屋に寄ったり、喫茶店で油を売ったり、戻ってきても店先で変にごろごろしていたりする。その裏では相変わらず、マッチ棒の数を増やし、掃除などに精を出してくれているのだから、わざと髪結いの亭主を装《よそお》っているとしか思えなかった。

「ねえ、うちだって美容院の看板あげてるのよ。主人がそんなボサボサの髪じゃ恰好《かっこう》がつかないわ。私がカットしてあげるから、ここへ座ってよ」何度そう言ったかわからないが「いいよ、これで」計作は相手にしない。「奥さんに髪を刈らせたほうが、あなたの好きな髪結いの亭主らしいんじゃないの」と言ってやると「裏通りの床屋に俺の気に入りの娘がいること知ってるだろう?」「知ってるわ、どこがいいの。あんな林檎《りんご》の皮むき損なったみたいな娘の」聞き返した美木子の顔をしげしげと覗《のぞ》きこんで「へえ、嫉《や》きもち焼いてるの。もっと嫉いてくれよ。髪結いの亭主は女房をヤキモキさせなきゃ、一人前じゃないからな」嬉《うれ》しそうに言う。

そんな時は、どこまでが冗談でどこまでが本気なのかわからず、さすがに腹も立つが、しかしその冗談半分の顔や言葉に、これまで疲れた時、いら立った時、辛《つら》かった時、どれだけ救われてきたか考えると、文句にまではならなかった。

そんな男が相手では喧嘩できるはずもなく、思いだしてみると五年の結婚生活で、口喧嘩したことすらないのである。

計作は今では客たちや商店街の人気者だが、それでも陰口を叩《たた》くのが好きな世間は、あの奥さんは甲斐性《かいしょう》なしの旦那にいつも泣かされているとか口喧嘩が絶えないとか、ありもしない話を広めてくれる。

そんな噂は根も葉もないとはっきり断言できるほど、およそ計作という男は、美容師と限らず仕事をもった女の理想的な亭主であった。

今日まで五年——

結婚してそれだけの歳月が過ぎれば、普通の妻なら夫選びを間違えたと考えるものだろうが、美木子はその意味での後悔を一度として味わったことがなかった。

「旦那には黙ってきたのかな？」

皆川の言葉に、美木子は正直に肯き、グラスを揺らしながら、「どうしてかなあ」と呟いた。半分はひとり言だったが、皆川は、何故《なぜ》そんな質問をするのかという意味にとったようだった。

「俺と逢《あ》うって言ってきたのなら、いつも通りの時間に帰さなくちゃいけないからさ」

美木子の少し酔った目は、自然に皆川の顔へと流れた。皆川は美男ではないが、きりっと吊《つ》りあがった目の男らしい顔をしている。室内装飾家という繊細な職業とは似合わないいかついほどの風貌《ふうぼう》だが、笑うと妙に優しくなる。今、カウンターに肘《ひじ》をついて、美木子をまねるようにグラスの中の酒を揺らしている横顔は、優しい方だった。

「本気なの？」

「なにが？」

「……なんだ。誘い文句かと思った」

皆川がふり返ったので、美木子はいつの間にか真面目になっていた目を、慌てて笑い顔の中に包み隠した。そのかわりに今度は皆川の顔から微笑が消えた。

「誘い文句ってのは正解だよ。ホテルのバーで大人の男が女に、いつも通りの時間に帰したくないって言えば、そうに決まってるさ。けど、本気なのかどうかは怪しいね」

「……無責任な言い方だなあ」

美木子は笑い声をたてた。今までにも会話が危険な淵《ふち》をさまようことは何度もあったが、美木子はその度にそんな少しカン高い笑い声で逃げてきたのである。いつもなら笑い声を返す皆川が、今夜は真面目な目を崩さなかった。

「本気だよ」

「………」

「本気だけど、本気で誘ったって言ったら、君の旦那に後ろめたくてさ。全部冗談だってことにしておいた方がいいんじゃないかってね」

「全部って、どこからどこまでよ」

「誘った時から、君がホテルの部屋を出ていくまでさ」

「私が一人で先に部屋を出るの？」

「そりゃそうさ。君は泊ってくわけにはいかないから」

「そうか。私の方は浮気だけど、独身の正男さんにはそうじゃないんだ」

美木子は、もう一度笑い声をたてた。

「やめとくわ。私の方だけ損するわけだもの」

「浮気は損得じゃできないよ。燃える時にパッと燃えて、できるだけ早く火を消してしまう、それがコツだな」

「ずいぶん経験ありそうね」

言いながら、今夜の皆川は確かにおかしい、この辺で話を切りあげてしまった方がいいと美木子は考えた。外国旅行は慣れているはずだが、やはり二か月も日本を離れる前の晩となると普通とは違う気持ちになるのだろうか。だが皆川にとって特別な晩かも知れないが、今夜は自分にとっても特別な晩なのである。

「駄目《だめ》よ、今夜は。今日、結婚記念日なのよ、私たち――」

皆川は驚いたようだが、あまり表情を変えない男なのでよくわからなかった。

「私たちか――少し嫉けるな。いや、それとも結婚記念日にわざわざ逢いにきてくれたというのは自惚《うぬぼ》れていいのかな」

「――わからないわ」

しばらく二人は、黙ってグラスを傾けていたが、やがて「いい亭主だからな」皆川の口からぽつんとそんな言葉が漏れた。

　皆川と計作は、今年の四月に何度も顔を合わせている。同窓会の後、二人だけで飲みに行ったとき、「店の模様替えをしたいと思ってるのよ」と言うと、皆川はそれなら自分が格安で引き受けてやるよと言ってくれたのだった。美木子が計作と相談して組んだ予算は少額だったが、皆川は出血を覚悟してその予算からは想像もできない見事な改装をしてくれたのだった。実際に働いたのは、皆川が使っている若者たちだったが、三日間の改装に皆川は毎日顔をだし、三日目の晩は、美木子がお礼のために作った料理を囲んで、夫と旧知のように談笑しあった。特に計作の方は、自分が陰で支えてきた店がこうも立派に改装されたのが余程嬉しかったのだろう、今にも安来節を踊りかねないほどのサービスぶりを見せた。その後も何度も計作の口から「また皆川さんを招《よ》べよ」という言葉が出ているし、計作のことを話すたび、皆川の口からも「いい人だなあ」と感嘆符つきの声が漏れる。

「あの人も正男さんのこと本当にいい人だと思ってるのよ」

　今までになく危険な角度へと傾いた会話に、美木子はそんな言葉でけりをつけた。中学の頃《ころ》から男気のある性格だった皆川が、美木子のその言葉を押してまで誘いを続行するはずのないことはわかっていた。

予定の十一時より一時間早く、美木子は立ちあがると、まだもう少し飲んでいくという皆川を置いて一人バーを出た。ホテルの前の公衆電話から家に電話をいれると、すぐに計作が出た。

「戻ってたの？　今から帰るけど、掃除は私がやるから」

「今済ませたところ。パチンコ、すぐ打ちどめでさあ、ああ、パチンコ屋で金物屋のおっさんに会って誘われたから、今からミドリへ行ってくる。ゆっくりしてこいよ」

打ちどめなんて、また嘘に決まっている、そう思いながら、美木子は受話器を置いた。

ホテル前で拾ったタクシーを、美木子は日暮里の駅前でおりた。タクシーに乗っていた間ずっと耳に響いていた皆川の別れ際《ぎわ》の言葉を、ドアの閉まる音とともにふり払い、美木子は飲み屋街の方に足を向けた。「ミドリ」と看板の出た小さなスナック・バーのドアを押すと、美木子も顔馴染《かおなじみ》になっている主人がカウンター越しに目だけで挨拶してきた。狭い店の奥で、計作がマイクを両手に握り、歌っていた。

「おれもお前も利根川《とねがわ》の　船の船頭で暮らそうよ……」

思いいれたっぷりの歌い方で、閉じた目の上で三角眉《さんかくまゆ》がピクピク動いた。こうも気持ちをこめられると、「船頭小唄《せんどうこうた》」の物哀《ものがな》しさも喜劇であった。

歌い終わって客達の拍手を浴びたところで、計作はやっと美木子に気づいて近寄ってきた。

「浮気してきたな」

隣に座るなり、そう言われた。驚いてふり向くと、計作は笑い顔である。

「帰ってすぐに安子って友達からまた電話あったんだよ。今夜別にお前と約束ないって言うからさ。白状しろよ、誰と浮気してきた」

冗談で小づかれ、「皆川さんよ」正直に美木子は答えた。

「明日から二か月ヨーロッパへ行くっていうから、餞別《せんべつ》届けに行ったの。別に隠すつもりじゃなかったけど、結婚記念日振って他の男に逢いにいくなんて言い辛かったのよ。皆川さんがよろしくって。皆川さん、あなたのこととても気にいってるのよ」

同じ言葉で二人の男を操っているようで、美木子は後ろめたく思いながらも、そう誤魔化しきった。計作は得意げな顔になり、

「俺《おれ》もあいつのこと気にいってるよお。なんで一緒に連れてってくれなかったの。今度は連れてってくれよ」

わずかも疑っていないような夫の笑顔を見ていると美木子はふっと胸の中が空っぽになっていくのを感じた。安堵《あんど》ではなく淋《さび》しさに似ていたが、その淋しさがどこから

くるものか、わからないまま、美木子は空っぽの胸に皆川の声を響かせていた。皆川は別れ際に、「帰国したらまた電話する。今度は決心つけて逢いにきてくれるね」そう言ったのだった。

「あっ、俺、もう一曲——」

マイクを摑《つか》んで計作は立ちあがった。美木子はカウンターに残された夫の空のグラスに自分のグラスをあて、小さな音だけで乾杯をし、一気に飲み干しながら、「五度目の結婚記念日か……」胸の中でそう呟《つぶや》いた。


年を跨《また》ぎ、年末年始の書きいれに追われているうちに、二か月は瞬《また》く間に過ぎた。その間に起こったことといえば、良子が新年早々、突然辞めたいと言いだしたことだけである。年末から不機嫌《ふきげん》だったのには気づいていたが、理由を聞いても首をふり、ただ「辞めさせてもらえばいい」の一点張りであった。

結局この時も、計作に出てもらうより他なかった。閉店後近くのレストランへ良子を連れだした計作は、深夜を回る時刻に戻《もど》ってきて、「上手《うま》く話ついた。これでしばらくは辞めたいとは言わないと思うよ」そう言った。「遅かったのね」美木子の言葉に、「それがあの娘《こ》、恋人のことで悩んでてね、もう何もかも棄《す》てて死にたいなんて言うから、酒飲みに連れてって慰めてたんだよ」計作は答えると「おお、寒《さむ》。俺風呂《ふろ》入るわ」ひょこひょこと階段をおりていった。

計作の慰めが効いたのか、翌日出てきた良子は「済みませんでした」いつもの鈍重さながら、それだけ丁寧に見える頭のさげ方をした。

それからひと月が過ぎた、二月の最初の日曜日のことである。定時に店を閉めると、美木子は、計作に「夕方皆川さんから電話あって、帰国したって。土産話いっぱいあるから旦那《だんな》さんと来ないかと言われたけど、あなた行ける？」と言葉をかけた。

その言葉には多少の計算があった。前日、計作は今夜、大阪から友達が出てくるので飯を食いにいくと言っていたのだ。「残念だなあ、折角大阪から出てきた友達断るわけにもいかないし……皆川さんにはよろしく言っといてくれよ」案の定そんな返答だった。思い通りだったが、美木子は内心ホッとした。皆川には電話で、いつもの九段下のホテルにダブルの部屋がとってある、自分は九時頃にしか行けないから、先にいって部屋で待っててくれないか、と言われていたのだった。美木子がこの前と同じ地味な服を着ようとすると、計作は「もっと若く見えるの着てけよ。やっぱり外国の女の方がいいと思われるぞ」と言い、言われた通り藤色《ふじいろ》のワンピースに着替えると、自分から化粧台を漁《あさ》って、似合いそうな真珠のネックレスを探してくれた。

皆川のことを気に入っているとは言え、妻が今から他の男に逢いにいこうとしているのである。その服装まで心配するというのは一体どういう神経なのか——美木子はむしろ腹立たしさを覚え、その腹立ちで夫を裏切ろうとしている後ろめたさを気持ちから追い払うと「少し遅くなるかもしれないわ」何気なくそんな言葉を残して、家を出た。タクシーの中でも、ホテルのフロントで皆川の名を告げキーを受けとった時も、エレベーターの中でも不思議なぐらい、美木子は落ちついていた。

部屋はダブルベッドが豪華な他は、規格判だった。当り前の部屋で当り前の男と当り前の浮気をすればいいのだ、そんなことを思いながら、美木子はただ待っていた。約束の時間を過ぎてもなかなか皆川は現われず、電話のベルが鳴ったのは十時に近い時刻だった。

「急に仕事が入って、悪いけど今夜は」言いかけて、「いや、本当のこと言うよ。この時間までずっと迷ってたけど、俺やっぱりあのいい旦那、裏切れなくてさ。あの人なつっこい顔浮かんできてさ。悪いけど——旦那、あんたのこと心底惚《ほ》れて信じ切ってるんだなあ」

「いいのよ。今度は悪い亭主《ていしゅ》もった奥さん、誘いなさいよ」

「でも嬉《うれ》しかったな。来てくれたんだから」

「正男さんがこんな電話かけてくる予感してたから、安心して来たのよ。あっ、去年の同窓会に来なかったけど、ピン助って仇名《あだな》の子いたでしょう？　いつもわざと失敗して皆を笑わせてた——あの人どうしてるの」

「佐藤だろう？　今は真面目《まじめ》な会社勤めだって聞いたけど。どうして？」

「ううん、さっきふっと思いだして……」

「思いだしたのは、佐藤じゃなく旦那だな」

皆川は見抜いていた。部屋に入った時ダブルベッドを見て、美木子は新婚旅行先の長崎のホテルでの初夜のことを思いだしたのだった。慌《あわ》てすぎたのか、計作は美木子を抱くのにしくじり、大袈裟《おおげさ》に頭を掻《か》き、道化《おどけ》た顔をつくった。三角眉を吊りあげる癖に気づいたのは、それが最初だったと思う。

「じゃあ、またいつか」そんな言葉を交わしあって、美木子は電話を切った。窓の外にいつの間にか雪片が舞っている。落ち着いているつもりだったが、やはり緊張はあったのか、どっと疲れが出て、美木子はベッドに横になった。皆川の「旦那はあんたに惚れている」という言葉が子守唄のように耳に響き、そのままいつか眠ってしまった。

目が覚めると、枕元の時計は三時を指している。若い頃からどこでも眠れると得意がっていたが、まさか浮気の現場になるはずだった部屋でも寝すごしてしまうとは思わなかった。慌てて浴室の鏡で髪を直し、部屋もホテルも飛び出すと、タクシーに乗った。

雪は激しくなり、東京の街は夜にもうひと重ね、雪の厚い白衣を纏《まと》っていた。燈《ひ》の完全に絶えた商店街は雪の色でいつもより淋しげに見える。

美木子はそっとドアを開けた。二階から流れ落ちてくる燈にかすかに浮かんだ店は、出た時と同じで掃除の跡がなく乱雑だった。最後の客の髪が房のまま落ちている。妙に生々しい気がして、美木子は拾いあげて屑箱《くずかご》に投げ棄てると足音をたてないように階段を上った。

計作は服を着たまま炬燵《こたつ》に体半分を突っこみ、眠っている。コートを脱ぎ、簞笥《たんす》を開けようとしたその音で計作は目を覚ました。「遅かったな」欠伸《あくび》まじりの声で言うとのっそりと起きあがった。

「楽しかった？」

他の男と夜明け近い時間まで過していたのに、疑る気配もなく「楽しかった？」もないものだ。

美木子の胸に不意に腹立たしいものが突きあげてきた。

「浮気してきたの。今まで皆川さんとホテルの一室にいたわ」

気がついた時、そう口にしていた。何故《なぜ》そんな嘘《うそ》が口から零《こぼ》れだしたかわからないまま、美木子は髪をふり払って、計作の方に向き直り、対峙《たいじ》するように座りこんだ。

「皆川さんと浮気してきたのよ。あなたを裏切って朝帰りしたのよ。何か言ってよ」

突然の居直りじみた美木子の言葉に、計作は一瞬たじろいだが、まだとろんと睡気《ねむけ》の残った声で、

「綺麗《きれい》だなあ……お前、今夜、最高に綺麗だよ。その首飾り似合うよ」

と言った。計作の三角眉がいつものように吊りあがると同時に、美木子の目から涙がぽたぽたと大きな雫《しずく》で零れ落ちた。淋しかったのだと言いたかったが声にならなかった。帰路のタクシーの中で美木子は窓の外の白い流れを眺《なが》めながら、何故自分が皆川に近づいたかやっとわかった気がした。皆川に愛を感じたことなどなかった。ただ、できすぎた夫と一度も喧嘩《けんか》をせずにやってきた幸福すぎた結婚生活が淋しかったのだ、他の男と浮気をしてきてもこんな風に決して怒らない夫だとわかっていたから、淋しかったのだ——

「いつもみたいに、いいよ俺なら、って言わないの？」

「いいよ、俺なら……」

美木子はいっそう惨《みじ》めな気持ちになった。八つ当り気味にネックレスを首から摑みとり炬燵板の上に叩《たた》きつけた。糸が切れ、板いっぱいに真珠が散った。

「逆じゃないの。怒るの、あなたの方じゃないの。なにか馬鹿《ばか》にされてる気がするわ」

言葉にするとますます腹が立ってくるので、美木子はそのまま黙りこんでしまった。

計作は、口もとに笑みを残したまま、黙々と真珠の玉を拾っていたが、やがてひょいと顔をあげ「笑えよ」と言った。美木子は激しく首を振った。

「じゃあ、仕方がないな」

計作は言って、大袈裟に膨《ふく》れっ面《つら》を作ると、ぐいと手を伸ばしてきた。殴るのかと思ったが、そうではなく、美木子の手をとると、自分の頰《ほお》へとそれをうちおろした。

「あいつとは何回だよ？」

「一回よ——今夜だけだわ」

計作は二度三度と、美木子の手に自分の頰を撲《ぶ》たせながら、「俺の方は何回かなあ」と呟いた。何度目かで美木子はやっと、その言葉の意味に気づき、計作の手をふり払った。

「誰《だれ》と……？」

思わず唇《くちびる》から漏れた声に、計作は頭を掻き、髭《ひげ》がぷつんぷつんと生えた頬をこすった。「女は綺麗になって戻ってきたというのに男の方は無精髭だもんな」そう呟いてから、

「俺も今夜、さっきまで良子の部屋にいたんだよ……」

とふざけた顔のままで言った。

一昨年《おととし》、良子をひきぬいてきて間もなくから関係をもつようになった、先月良子が突然辞めたいと言いだしたのはそのせいで、女房と別れて一緒になると約束したのに俺がなかなか煮えきらないので腹を立てたのだ、睡眠薬で自殺まで図ったので春までに何とかすると言ってある、まだしばらくは黙っていようと思ったがこうなったら話すより他ないから、と聞かされて、美木子は何の言葉も返せなかった。「どうして……」やっとそれだけを声にした。「男の体のしくみだから理由なんて……お前の方こそどうして？」計作は気軽な話題のように尋ね返した。

美木子は首を振るだけで何も声にできなかった。後から考えると、「今のはただの嘘だった」と口に出す機会はその時しかなかったのだ。が、突然の夫の告白に混乱して、その機会を自分から棄ててしまった。それに皆川と浮気する決心をつけてホテル

の一室まで行ったのは事実なのだ。

衝撃がまだ実感にならないうちに、計作は「俺、今夜からあっちへ行くよ」そうのんびりと言って立ちあがった。そして美木子が制《と》める気も起こらず座りこんでいる間に、いつもの浮わついた足音で階段をおり、やがて入口のドアが閉じる音が聞こえた。

美木子がやっと腹を立てたのは、雪のせいでいつもより白い夜明けが窓に訪れ、疲れきった寒い体を半分炬燵に突っこんで畳に横たわってからである。馬鹿にしている――声に出してそう呟いた。自分の方は皆川と逢《あ》うだけでも後ろめたい気がしていたのに、計作と良子とは、剽軽《ひょうげ》た顔と鈍いほどのんびりした顔とで二年も前から自分を裏切っていたのだ。考えてみれば一月に辞めたいという良子を説得にいき深夜遅く戻ってきたのも変だったのだ。いつもと変わらぬ道化顔は、美木子が全く気づかぬうちに浮気を隠す仮面になっていたのである。今夜だって皆川に逢いにいくのにあれこれ世話を焼いたのは、ただ自分が良子に逢いにいくのを誤魔化すためだったのだろう。皆川との本当の関係だって薄々感づいていたのかも知れない。感づいていながら、良子の方に目を奪われて、妻の浮気などどうでもよかったのかもしれない。優しすぎる夫と信じて、その普通の男からはみだした余剰に淋しさを覚えて、皆川に逢いに行った自分の愚かさにも腹が立った。

信じられないことだったが、信じないわけにはいかなかった。一睡もしないまま店を開けたが、その日とうとう何の連絡もしてこないまま良子は店を休んだのである。美木子は店を閉めたあと、一年前に一度だけ行ったことがある飯田橋駅裏手の良子のアパートに行ってみたが、以前の良子の部屋には別の夫婦者が住んでいた。管理人に尋ねると、良子は去年の末、もっといいアパートに変わると言って出ていったという。新しいアパートの名も場所も管理人は知らなかった。愛の巣を既に年末から準備していたのに違いない。美木子はもう二度とあんな男戻ってこなくてもいいという気になり、国電の駅への道を蹴《け》りつけるように歩いた。

翌日も良子は現われず、夜九時を回ってやっと計作から電話があった。

「今からちょっと行くから」と言った計作は、一時間後、今までと寸分変わらぬ顔つきで入口から入ってくると、「新しいジャンパー、あれだけ貰《もら》ってく」そう言ってさっさと二階へあがっていった。五年間見慣れた顔だけに、その裏に女房を欺《あざむ》く普通の夫と変わりない小賢《こざか》しい顔があるのだと思うと、美木子の胸にまた新たな怒りが突きあげてくる。その怒りを何とか静め、ゆっくりと階段を上った。

計作は、この正月、餅《もち》を焼くために買った火鉢《ひばち》の中へ、二年のうちに三つのガラス壜《びん》に貯《た》まったマッチ棒を全部空《あ》け、火を点《つ》けようとしている所だった。一本の小さな炎は次々に他のマッチに伝わり、あちこちで花火のように爆《は》ぜ、最初の数秒は幻の瞬きのように綺麗だったが、やがてひと塊《かたまり》の大きな炎となって噴きあがった。「おおっ」大袈裟に炎をよけた顔は相変わらず冗談にしか見えなかったが、美木子には本気で出ていくつもりだなとわかった。だが制める気はわずかも起こらなかった。同じ炎で美木子の胸にもめらめらと燃えあがっているものがあり、これからのことを考える余裕もなかった。

炎は最後に一度膨らんだだけで、あっけないほど早く消えてしまった。喧嘩も諍《いさか》いもしたことのない二人には本当の夫婦としての歳月の積み重ねがなかったのか、このまま夫に出ていかれても何の未練も残らないのではないかという気さえした。

「俺ももう齢《とし》だしさ。あっちは若いから、またいつ追いだされて戻ってくるかもしれないからさ、そん時まだ俺に少しでも未練があったら迎えてくれないかな。他の連中には、親父《おやじ》が倒れたから一年ほど大阪へ戻ってるとでも言ってさ」

勝手なことを言い、階段をおりる計作の後に従い、おりきったところで、美木子は自分でも思いがけなく、計作の腕を摑んだ。引き留められると思ったのか、ちょっと驚いた顔でふり返った計作に、「そんなみっともない髪で出てかないでよ」美木子は言葉を投げつけ、「いいよ」というのを無理矢理引っ張り、鏡の前に座らせた。美木子の怒りがわかったのだろう、計作は温順《おとな》しくなり「じゃあ短く切って貰うか」と言った。

美木子が鋏《はさみ》をとると、「お前、悋気《りんき》してそれでぐっさりやってくるんじゃないだろうね」芝居じみた声を出した。

「こんな時ぐらい真面目になってよ」

「真面目だよ。俺、いつも真面目だよ」

言葉通りの真面目な顔になったが、美木子にはその真面目ささえも冗談にしか見えなかった。鏡の中で合った視線を、自分から折り、美木子は鋏の音を響かせ始めた。初めて切る夫の髪は見た目より堅く、鋏の刃に応《こた》える力があった。

美木子は鋏が震えないように手先に神経を集中させた。髪をひと揃《そろ》え切るごとに胸の中の怒りが消えていく気がした。全体にひと通り切って、最後に櫛目《くしめ》の先に揃えて後ろ髪を切るとうなじが覗《のぞ》いた。最近は男の客も出入りするが、その後ろ髪を切り揃えるたび、男のうなじは女と違って妙に間が抜けて淋しいものだと思う。計作のうなじも同じだった。少し青白いその部分を見ていると、そこにだけまだ五年間見慣れた夫の顔が残っている気がした。人形のように首を折った計作を真似《まね》るように、美木子もそのうなじへと首を折り、ほんの数秒指を停《と》めた。今、夫が「俺やっぱり出ていきたくないよ」と言えば一昨日の言葉などすべて忘れ、黙って肯《うなず》けそうな気がした。

「私、きっと一人ではやっていけない……」

美木子はそう呟《つぶや》いていた。

「やっていけるよ。お前もう一人前だよ。浮気できりゃ女は一人前だよ」

嫌味《いやみ》ともとられかねないそんな言葉が、本当に励ましになると信じているのか、計作はひどく真面目くさった声であった。美木子は顔をあげると、今の一瞬の弱気をふり払うように鋏に思いきり力を籠《こ》めた。

激しくなった鋏の音とともに、美木子の指の間から次々に五年間の男の髪は切りとられ、零れ落ちた。

春になっても夫は帰ってこなかった。

それなりに美木子は捜してみたのだが、依然二人の行方は判《わか》らなかった。客達がいつの間にか計作の事を口にしなくなり、もうこのまま一生戻《もど》らないかもしれない、いや幾ら計作でも本当に別れるつもりなら離婚届ぐらい送ってくるだろう、いや、またひょっこり戻ってくるかもしれない。考えは二つの可能性に揺らぎながら、それでも去っていった当初の燈の消えたような淋《さび》しさにも幾らかは慣れた頃《ころ》である、以前計作が勤めていた会社の部長夫人が客としてやってきた。

「前から来よう来ようと思ってたんだけど……」そう言って、「ご主人は元気?」と仲人《なこうど》らしい顔になった。美木子は適当な嘘でごまかしたが、五十とは思えぬ色艶《いろつや》の髪をセットし始めるとすぐに「どうしてご主人会社辞めたの?」何か根のある口ぶりで尋ねてきた。詳しく聞くと、部長と喧嘩したなど全くの出鱈目《でたらめ》らしく、突然辞めると言い出す前日まで自分一人で会社を背負っているような顔で意気ごんでいたと言う。辞職の理由をいくら尋ねても例の本気か冗談かわからない顔で何もわからなかったらしい。それにも美木子は適当な嘘で逃げたが、部長夫人が帰った後、妙にぼんやりしてしまった。

次の定休日の昼前に美木子は皆川に電話を入れた。「ちょっと相談したいことがある」と言うと「じゃあ昼に六本木で飯食おうか」そう言って「何の音?」と聞いた。来週この近くでサーカスの一団が興行を開く。その前宣伝に二、三日前から扮装《ふんそう》をした団員達が騒々しい吹奏楽を奏《かな》でながら一帯を練り歩いているのだ。「サーカスか、懐《なつ》かしいなあ」電話を切る前に皆川はそう呟いた。

その皆川は、待ち合わせた六本木のレストランのテーブルに就くと同時に「旦那《だんな》、元気?」と聞き、「二月に一緒に飲んでから、俺一遍にあの人のファンになっちゃったよ」と言った。何のことかわからず問い返すと、皆川は、あれ知らなかったのという顔になった。二月初めに計作から突然電話があり、小さな料亭《りょうてい》で一緒に飲み、いろいろ面白《おもしろ》い話を聞かされたという。

「最後に、あれ船頭小唄っていうの？　俺は河原の枯れすすき、同じお前も、ってあれを踊りつきで見せてくれてさ。見ながら、俺つくづくいい人だなあと思ったね」

詳しい日を聞くと、計作が家を出た直後である。家を出たことは皆川には何も話さなかったらしいとわかって、「何の相談？」聞かれた時、「それはまた今度にするわ」そう答え、世間話だけで食事を終えて、別れた。

この時も妙にぼんやりしてしまい、日暮里《にっぽり》駅の改札口をぬけ、ゆっくりと商店街を歩きながら、またあの喧騒《うるさ》い音がする、そんなことを遠い意識で感じている中へと突然現実の叫び声が切りかかってきた。

我にもどると、既に周りの通行人たちは交差点へと駆けだしている。「人が轢《ひ》かれた！」大袈裟なほどの喚《わめ》き声が聞こえた。美木子も一緒に駆けだし、人垣《ひとがき》から覗くと、路面に叩きつけられて、大きな水玉模様の衣裳《いしょう》があった。もう五十は過ぎているだろう、三角帽子から覗いた白塗りの顔は深い皺《しわ》が刻まれ、食べ残した饅頭《まんじゅう》のようだった。激痛に襲われ、皺が波うつたび、美木子にはその顔が笑っているように見えた。力尽きたのか、握りしめていたたくさんの風船が、不意にその手を離れ、糸の筋を曳《ひ》きながら、いっせいに舞いあがった。春らしいのどやかな空に舞いあがりながら拡散していく。赤や黄や緑や、さまざまな色の風船は、春の空がシャボン玉を吹き散らしているようでもあった。

あおぎ見て、風船の行方を追いながら、美木子はもしかしたらあの晩、浮気をしたと嘘《うそ》をついたのは自分よりも計作の方ではなかったのか、と思った。一月に良子は確かに恋愛問題で悩んでいただろう。その相手というのも計作だったのだろう。だが、計作が本当に良子と関係をもったのは、あの晩、自分が「皆川と浮気してきた」と言った後だったのではないだろうか。あの晩、「浮気してきた」と言って突然泣きだした美木子を庇《かば》うために、計作は咄嗟《とっさ》にあんな嘘をついたのではないか。ちょうど見合いの席で美木子のしくじりを、コーヒーをテーブルいっぱいに吐き散らして庇ってくれたように、美木子よりもっと非道《ひど》い浮気をしたような振りで庇ってくれたのではないか。店をもう手放したいと弱音を吐いた時に、計作が会社が面白くないと言った言葉もどうやら嘘だったらしいのだ。

いや、美木子を庇おうとしたのではなく、「俺の方がもっと非道い浮気をしている」そんな嘘で計作が庇いたかったのは自分自身だったのかも知れない。もしかしたら美木子の嘘の一言は、「皆川と浮気してきた」という言葉は、美木子が想像もつかないほどの傷を、あの晩、計作に負わせてしまったのかも知れない。その傷を庇うために、道化師の衣裳を纏《まと》い、あんな嘘を言ったのかも知れない。良子と逃げたのも、皆川の前で船頭小唄を踊ってみせたのも、その傷の深さを隠す、水玉の衣裳だったのかも知れない。

いや――

美木子は首を振った。自分のついた馬鹿《ばか》げた嘘の一言がそこまで優しかった男を、そこまで傷つけてしまったとは思いたくなかった。あの男はただ根っから人を楽しませ、ふざけているのが好きな男なのだ。妻を舞台に立たせ、陰の力で支えてくれてたと思っていたが、この街を舞台に、髪結いの亭主という笑われ役でスポットライトを浴びていたのは計作の方で、自分はいつの間にか引き立て役に回っていたのだ。商店街の皆を、美木子を観客にしてその役を演じ続け、幕が下りると今度はまた別の舞台へと去っていっただけなのだ。良子という新しい観客にも飽きたら、またいつか古巣の舞台へ戻ってくるかも知れない。そうしたら今度は自分の方で「いいわよ、私なら」そう言ってやらなければならない。

パトカーや救急車のサイレンが近づき、周囲は騒音の渦《うず》となった。

歩道の隅《すみ》に寄り、その渦から一人離れて、美木子はまだ空を見あげていた。風船はもうずいぶんと小さくなり、色つきの泡《あわ》のようだった。その泡の一つ一つが、夫と呼んでいた男の顔であり、五年間の一日一日である。空へと手を思いきり伸ばして、その泡を掬《すく》えたらいいなと、美木子は子供のようなことを考えていた。

私の叔父さん

一

「おじさん、私の母さんのこと愛してたんでしょう?」

夕美子《ゆみこ》は突然そんなことを言った。恰度《ちょうど》ウェイトレスがコーヒーを運んできたところで、構治《こうじ》は、思わぬ言葉を口にした夕美子より、そのウェイトレスの方が気になって、反射的に目をあげ、顔色を窺《うかが》った。今の言葉をどう聞いたか。おじさんを単に中年男の呼称と聞いたのならまだいいが、「叔父さん」という意味に聞かれたら、「叔父が母を愛していた」というのはずいぶん危険な連想をこの若いウェイトレスの頭にひき起こしそうだった。

構治は、正確には、夕美子の大叔父である。夕美子の母親で、十八年前夕美子を生んで四か月後に死んだ夕季子《ゆきこ》の叔父であった。死んだ夕季子が姪《めい》であり、その娘の夕美子は姪孫《まためい》にあたる。大叔父とか姪孫とかの言葉を、構治は、半月前夕美子が大学受験のために上京してから、初めて辞書をひいてみて知った。親族としては姉のひとり娘だった夕季子が三親等であり、そのまたひとり娘の夕美子は四親等になる。

しかし死んだ姪は、六つ年上に過ぎなかった構治のことを〝兄ちゃん〟と呼んでいたし、四十五の現在まで独身を通したせいか、カメラマンという派手な職業についているせいか、構治はまだ三十代後半には見える。夕美子はごく自然に〝叔父さん〟という色合で構治を呼んでいた。

構治の思いすごしで、ウェイトレスは不機嫌《ふきげん》な無表情のまま、ただ乱暴にコーヒーを置き、さっさと奥に戻《もど》った。その後ろ姿を、夕美子は自分もあんな風になるのかなあといった目で見送った。荻窪《おぎくぼ》の構治のマンションに寝泊りして二つの大学を受けたのだが、今朝の発表で二つ目の大学にも落ちたとわかったのである。合格できなければ、祖母、つまり今年で六十二になる構治の姉が、郷里の下関《しものせき》で経営している喫茶店を手伝うことになっている。夕美子は、下関でその祖母と婿養子《むこようし》として香川家に入った父親との三人暮しである。

「まあウェイトレスでいいじゃないか。祖母《ばあ》ちゃんはそう望んでるし、父さんも東京へ出るのは反対なんだろ。それに自分だって受験だけが目的で上京したわけじゃないだろう。入試が終わったその晩から出歩いてるんだから。帰るのだって俺《おれ》より遅いことあるじゃないか。本当かな、高校のテニス部の先輩に逢《あ》いにいってたというのは——」

「本当に先輩だわ」

「だとしても、その先輩は男だな」

自分が死んだ夕季子を愛していたという物騒な話題を切り替えて、構治は吻《ほっ》としたのだが、今度は夕美子の方が避けたい話題になったらしく、右眉《みぎまゆ》を小さく釣《つ》りあげて、

「それより、おじさん、本当に母さんのこと」

聞き直してきた。生き写しというほどではないが、その眉の細さや色白な所は、夕季子の思い出をふっと構治の目になぞって見せる。田原構治といえば、今ではマスコミにも名を売ったカメラマンである。北欧へ南米へと大袈裟《おおげさ》に言えば世界を股《また》にかけた多忙さで、それを理由にもうずっと郷里の下関にも戻っていないのだが、姉が夕季子の死後、やはりひとり娘を失った淋《さび》しさがあるのか、年に一度はその忘れ形見の夕美子を連れて、構治や東京の遠い親戚《しんせき》に逢いにくるようになったので、夕美子の成長の過程はそれなりに見ている。母親が自分を生んだ年齢に近づいて、いよいよ夕美子は母親に似てきたようでもある。しかし母親に似てくるのはいいことなのか。死なれてみると、夕季子の眉の細さや色の白さは、そのまま生命の細さや白さだったように思える。二十一歳の若さで死ぬという淋しい運命まで夕美子が受け継いだとは思いたくなかった。

「どうしてそんなこと聞くんだ？」

祖母ちゃんや父さんだって知らないことなのにと思わず言いそうになった言葉を喉《のど》もとで飲みこむと、夕美子はテーブルの上の、構治のカメラを指で突ついた。

「うちに残ってる母さんの写真、綺麗《きれい》だなと思うの、みんなおじさんの撮ったものだから——特に死ぬ少し前に東京で撮ったっていう、赤ん坊の私抱いてる五枚の写真なんか……」

「あのふざけてる顔がか？」

その五枚の写真で、夕季子は母親になった女にも二か月後に死ぬ運命にも余りに似合わない道化た顔をカメラに向けていた。夕美子が謎《なぞ》めいた微笑を目に含ませたので、構治は、それと同じ写真が部屋の本棚《ほんだな》の島崎藤村の詩集の中に隠されているのを夕美子が見つけたのではないか、一瞬そう思ったが、その心配はないらしい。

「カメラをおじさんがどんな目で覗《のぞ》いてるのか、わかるの。熱っぽい目が母さんの顔に出てるの。母さんだって、おじさんのこと愛してたんじゃないかな。本当に綺麗だもの」

「商売だから誰《だれ》だって綺麗に撮るさ。そんな馬鹿《ばか》なことばかり考えてれば大学落ちるの当然だな」

高校を出たばかりで、躰《からだ》は成熟していてもまだ子供だと思っていたが、もし本当に夕季子を撮った写真だけから、あの頃《ころ》の構治の気持ちまで見抜いたのだとしたら、人を見る目ももう充分成熟している。驚きながらそう誤魔化した構治の言葉に、「落ちた、落ちたって言わないでよ。結構辛《つら》がってるんだから」言って夕美子は目を伏せ、「失敗したの受験だけじゃないし……」そう小声で続け、そのまま淋しそうにうつむいている。やはりテニス部の先輩と何かあったらしい。困ったことがあれば相談に乗ろうかという言葉をどう切り出そうか迷っているうちに、夕美子は腕時計を見て、荷物を取り、立ちあがってしまった。四時の新幹線で下関に戻るのである。

構治はこのまま仕事に向かわなければならないので、喫茶店の外でタクシーを拾って夕美子一人を乗せた。乗りこむ前に「祖母ちゃんによろしく」と言うと、夕美子は肯《うなず》いて、「父さんには？」そう尋ね、構治の反応を探るように眼差《まなざし》を遠のけた。「もちろん父さんにもだよ」何気なさそうに答えたが、車が遠ざかった後も、夕美子の目は胸を離れなかった。

婿養子である夕美子の父親は、下関の駅前通りに小さな店を開いている水道屋である。構治の姉は戦後間もなくに夫を肺炎で失っている。その後女手一つで細々と始め、三十何年かでやっと大きくした喫茶店の方を婿養子に手伝わせたがっているのだが、そういう賑《にぎ》やかな商売は性《しょう》に合わないと言って、ほとんど店にも近づかないらしい。わずか一年と二か月の結婚生活で妻を失ってしまったとはいえ、夕季子の夫であるその男は、構治にとって重要な人物だった。重要だからこそ無理にも無視しようとし、現に今まで付き合いらしいこともほとんど避けてきたのだが、そんな事まで夕美子の目は見抜いていると言いたげだった。

たかが十八の娘だ、あの頃の夕季子と同じで、その年齢の危なっかしさを楽しんでいるだけだろう、女だからバイクを操れないかわりに、言葉や視線を暴走させ、大人の世界への境界線を突破しようとしているだけなのだ、そう考えて、夕美子の一瞬の目を頭から追い払ったが、払いきれないものがあったのか、構治はその晩、おかしな夢を見た。

夢の中で、構治は十八歳に戻り学生服を着て、広い講堂でただひとり入試を受けている。問題にユキコと漢字で書けというのがあり、夕美子なのか夕季子なのかわからず、二種の漢字を脂汗《あぶらあせ》を流しながら書いては消し、消しては書いた——

その脂汗のまま目を覚ました。窓はまだ、二月末の暗い夜に閉ざされ、朝が近づいた気配もないのだが、寝つけなくなって酒をとると、ふと本棚の隅《すみ》の藤村の詩集に手を伸ばした。開けば指は自然に写真を挾《はさ》んだ頁《ページ》に落ちる。五枚の写真は昼間夕美子が話題にしたもので、死ぬ二か月前の夕季子は眉をあげたり、片目を瞑《つぶ》ったり、口を突きだしたり、首を倒したり、赤ん坊を抱いている女とは思えない表情の遊びをしている。夕美子に見つかったら不味《まず》いと思ったのは、写真ばかりでなく、それが藤村の詩集の『高楼《たかどの》』の頁に挟まれているためでもあった。

「とほきわかれにたへかねて」という文句は、実際、死という形で別れた後も結局十八年、忘れきれず別れきれなかった構治の気持ちであった。詩は女二人の別れを歌ったものだが、夕美子は勿論《もちろん》、構治がその詩の文句を通して誰との別れを惜しんでいるか、すぐに看破《みやぶ》っただろう。

死の前に結婚という形で別れがあった。いや、叔父と姪の関係では、夕季子が姉の腹の中にいた時から既に別れはあったのだろう。人に後ろ指をさされるようなことは二人の間に何も起こっていないが、構治の気持ちの上では、夕美子の大人びた視線に咎《とが》められても仕方のないものはあった。

「きみがさやけき　めのいろも
きみくれなゐの　くちびるも
きみがみどりの　くろかみも
またいつかみん　このわかれ」

結婚後とはいえまだ若くその詩どおりだった目の色も唇《くちびる》も、今ではセピア色に溶け、当時の構治の青くさい感傷も同じ色に褪《あ》せている。しかし褪せながらもそれは残っているのだ。構治は女に不自由しない職業柄《がら》と、苦《にが》みと甘さの混ざった風貌《ふうぼう》とで、この十八年の間にもずいぶん沢山の女と関係をもった。一人の女からまた次の女へと、断続的なリズムで関係を続け、その切れ目に、疲れた指はふっと休止符を求めるように藤村の詩集へと、当時の感傷へと伸びた。忘れきらなければ、夕季子の亭主《ていしゅ》だった男にも悪いと思う。もっと夕季子らしい良さを伝えた他の写真も、死後まもなくに全部棄《す》て、思い出だけの陰画に変えてしまったのだが、その五枚の写真だけは棄てきれずに今日まで残してしまったのだった。

その写真の夕季子が本当の夕季子らしくないふざけた表情をしていることと、それを本棚の一番隅に置くことだけが、構治の、とうとう十八年間燻《くすぶ》らせてしまった未練への弁解だった。

別れ際《ぎわ》に夕美子はまた、戻ったらすぐにお礼の手紙を書くとも言っていたが、何の連絡もないまま三か月が過ぎ、仕事に追われてのカレンダーだけの季節はもう初夏になっていた。その間、姉から一度電話が入り、「夕美子なら結構ウェイトレスの仕事を楽しんでいる」と聞いていた。夕季子の死後、孫を自分の手で育てるという苦労をしながら大きくした喫茶店だから、できれば人手に渡さず夕美子に継がせたいと願っていたらしく、姉は嬉《うれ》しそうな声で、何の心配もないように思えたが、五月も末のある晩、深夜をまわって夕美子は突然電話を掛けてくると、「一昨日《おととい》から東京に来ている」と言った。
「でも祖母ちゃんには内緒にしといて。友達と伊豆《いず》へ旅行してることにしてあるから」

酔っているらしい声の背後に、酒場のようなざわめきがある。傍《そば》に誰か連れがいて一緒に飲んでいるようでもあった。どこにいる、二日間どこで何をしていたという構治の質問を無視し、「酒なんか飲むな」という言葉にも「いやだ、もう私大人よ。自分で働いた給料で飲んでるんだから文句言わないで」突っかかるように答え、不意にまた、「おじさんと母さん熱烈に愛し合ってたんでしょ」と言いだした。さらに血液型を聞いてきて、「やっぱりAB型なんだ。ひんやりした顔してながら、まぼろしを追って愛の炎めらめらと燃え上がらせたりするんだって。二つの顔もってるの。おじさんのもう一つの顔、絶対今でも母さんのこと愛してる。私を見る目でわかるわ」酒の匂《にお》いまで伝わってくるような赤い声で、構治の耳を切りつけてきた。

徹夜続きの仕事から解放されて寝ついた端《はな》を叩《たた》き起こされ、一番聞きたくない言葉を聞かされれば余りいい気はしない、心配しながらも適当にあしらって電話を切り寝てしまったが、朝の六時ごろ再び夕美子は電話のベルを鳴らした。「さっきはごめんなさい」としおらしい声を出し、今東京駅のホームにいる、一番の新幹線で下関に戻るから何も心配しないで、祖母ちゃんにも絶対に内緒にしておいて、と言い、それだけで発車のベルに押されたように切ってしまった。

やはり二月に上京した際、先輩とかいう男と何かあったのだ、今度もこっそりその男に逢いに来たに違いない。

内緒にしておいてほしいと言われても、やはり心配である、一度姉に電話してそれとなく匂わせておこうか、そう思いながらも忙しさに紛れているうちに、半月が過ぎ、グアムの撮影から戻って二日後、電話は姉の方から掛ってきた。

「遅かったじゃないの。何度も電話したのよ」

姉の声は荒い息遣いで怒りを伝えてきた。

「春からどうも夕美子の容子《ようす》が変だとは思ってたけど、今日問いつめたら、やっぱり妊娠してたのよ、あの娘《こ》。もう四か月半だっていうじゃないの。一体どういうこと――あんたがモデルさんたちとだらしないことしてるのは知ってたけど」

パーティの帰りで、まだ酒が残っていた。声が耳に届かないうちに消えてしまうようで、ただぼんやり受話器を耳に押しあてていると、

「お腹《なか》の子供の父親、あんただって言うじゃないの！」

酔いに緩んだ頭へ、突然、そんな言葉が楔《くさび》のようにしっかりと打ちこまれてきた。

二

「もう大人だわ」は、あの頃の夕季子の口癖でもあった。

「夕季子がね、東京へ一週間ほど遊びに行きたいって言うんだけど、あんたん所へ泊めてやってくれない？」姉の郁代《いくよ》が夕美子の大学受験の時と似た言葉でそう電話をかけてきたのは、二十年前の初秋のことだった。

当時夕季子は今の夕美子より一つ上の十九歳で、下関に設立されたばかりの短大に通っていた。東京は修学旅行以外行ったことがない、短大の方も来春には卒業だし、のんびり旅行できるのも今しかないからというのが理由だった。確か九月末の試験休みだった。東京駅に迎えにいった構治は、煉瓦色《れんがいろ》のカーディガンの肩に長い髪を波うたせながらこちらを見て頰笑《ほほえ》んでいる娘が、すぐに誰かわからなかった。「兄ちゃん」

と呼ばれてやっとわかった。

構治は夕季子を、生まれた時から知っている。六歳しか年齢差がないから兄妹《きょうだい》のようなもので子供の頃はよく一緒に遊んだ。ことに姉の亭主が病死し姉が喫茶店の仕事を始めると、小学校に通いだしたばかりの夕季子の面倒を見るのは構治の役割になった。夕季子は学校の帰りに直接構治の家へ来て、玄関で靴《くつ》を脱ぐのももどかしげに、「兄ちゃん」と呼んだものである。

当時まだ構治の両親は健在だったが、夕季子はその祖父母にはあまり甘えようとせず、いつも「兄ちゃん」だった。「私、再婚できないわよ。どんなお父さんが欲しいって聞いたら、夕季子、兄ちゃんならいいって言うんだもの」姉が冗談半分に言ったこともある。構治の帰りが遅いと、中学校まで迎えにきて、暮れなずんだ正門の陰に小さな体を隠し、恐る恐る中を覗きこんでいたりもした。その小さな体を自転車の後ろに乗せて、よく海へ連れていき、浜や湊《みなと》で遊んだ。一度、構治が失敗して、自転車ごと突堤から岩場へと転落したことがある。夕季子は脚をすりむいたが、「泣くなよ。泣いたら俺姉ちゃんに怒鳴られるから」構治が言うと、泣き崩れそうになった顔を、大きく見開いた目と一直線に結んだ唇で支えた。目から涙だけがぼろぼろと零《こぼ》れた。まだ本州南端の町にも終戦後の混乱が残っていた頃であった。

構治が高校を出て大学に入るために上京するまで、二人の関係は変わらなかった。構治が郷里を離れる前の晩、姉が自分の店でささやかな祝いをしてくれた。この時もう中学生になっていた夕季子が餞別《せんべつ》にコーヒー茶碗《ぢゃわん》をくれたが、構治はそれを東京駅に着いて網棚から荷物をおろそうとした時に割ってしまった。いかにも少女っぽく三日月に星が散った夢のある絵柄のカップだったが、真二つに割れたその夢はセメダインでもボンドでもくっつかず、まるでそれが予兆ででもあったように兄妹のように仲の良かった二人の関係は東京と下関に距《へだ》てられたままになってしまった。盆と正月が来る度に戻ろうと思うのだが、一つにはその頃から構治はカメラに興味をもつようになり、大学の他にもその種の専門学校にも通い、少し腕がつくとアルバイトもするようになって、時間に追われていたためである。

時間に追われたのはカメラのせいだけではなかった。東京にはそれまでの構治が知らなかった世界があった。アルバイトで多少の金が入るようになると、構治は新宿駅裏の酒場街に入り浸り、店の女たちと遊ぶようになった。二面性をもっているという血液型の性格判断は当たっているのか、本州南端の明るい陽光に染まっていた頃とは別人のようにネオンの色が似合う男になっていた。ともに長続きはしなかったが、二人の女と同棲《どうせい》まがいをやったこともある。放蕩《ほうとう》と呼ぶほどではないとしても、金が入ると遊び、どん底まで使い尽す、といった少しヤクザな暮しぶりでは、下関も夕季子も遠すぎて思い出すこともできなかった。結局、夕季子の方から逢いにくるまで、電話でも満足に言葉らしいものを交わしたことはなかった。

七年ぶりの夕季子は、実際見違えるほど大きくなっていた。背はいつの間にか構治の目の高さまで迫っていて、もともと色白だったが、昔の純真に白磁のような生硬さだった白さに柔らかさが出ていた。微笑するとゆとりが出る目も、髪をかきあげる指ももう一人前の女だった。そうは言っても幼なさは残っていて、当時は荻窪の裏手の小さなアパートだった構治の部屋で毎晩のように遅くまで話しこんでいる時など、ずいぶん大人っぽいことを言うなと驚く半面、まだ幼ないなと感じることも多かった。

少女と女との谷間の空に風船のように浮かんでいる年齢だった。自分でも「十五歳だとも二十五歳だとも思うの。十九歳という年齢だけ、持ってないって感じなのね」と言ったように、本当の年齢から糸が切れてしまってどっちの空に飛んでいこうか、戸惑いながらさまよっている所があった。誰か男を識《し》ればすぐにもその男に糸を摑《つか》まれそうな危なっかしい年齢でもあった。そうした若さでその危なっかしさを楽しんでいるようにも見えた。

その頃構治は有名なカメラマンについてカメラ担《かつ》ぎの助手をしていたが、薄給を飲み代《しろ》とともに酒場街の女に棄てる暮しで金はいつも底をついていた。東京の観光は一人で行かせたが、そればかりでは可哀相《かわいそう》な気もして、ツケのきく酒場や、先生のカメラマンに頼みこんでホテルのパーティへ連れていき、仕事柄多少の顔馴染《かおなじみ》になった俳優やタレントを紹介した。無料で案内できる人地図だった。

血筋のせいか、夕季子も酒は強かった。紹介した有名人におだてられてグラスを次々に重ねるので注意すると「もう私、大人よ」と言った。そんな時、背のびの分だけ幼なさが覗《のぞ》いた。少女っぽく振舞えば変に大人を感じさせ、大人ぶれば幼なさが出る、実際難しい年齢だった。

遊び歩く合い間に、夕季子は散らかし放題になっていた構治の部屋を必死に掃除していた。そして押入れの隅まで七年ぶりに綺麗になった一週間後帰っていった。

東京駅まで見送りに行った際、ホームで五分ほど時間があった。夕季子は来春卒業したら母親の喫茶店を手伝うことになっていた。三月ひと月は暇になるからまた遊びに来ると言う夕季子に「楽しかったろう？　いろんな人に逢《あ》えたし」構治が言うと、

「でもまだ一人だけ紹介してもらってない」そう言った。

「誰？」夕季子はおどけて舌をつきだし、その先で構治の顔を指した。

「俺《おれ》のことは子供の頃から知ってるじゃないか」

「でもずいぶん変わって違う人みたいだもの」

紹介した知り合いの言葉の端々で、今の構治の生活を見抜いているようだった。

「昔は同級生の女の子とだって口きかなかったじゃない」

「仕方ないよ、俺もてるんだから」

「もてないよお。ああいう商売の人、客なら誰にも好きだって言うの。兄ちゃんは世界中の誰にももてないの。文なしで飲んべえで夢がなくて、起きたら顔も洗わないで残り物のパン食べるような人、普通の女は皆嫌《きら》いなの」

「だったらお前も俺のこと嫌いなんだ」

「――私、普通の女じゃないから」

冗談だった会話が際《きわ》どくなったのに気づいて、構治は空を見あげ、朝の光が眩《まぶ》しいと言うように顔を顰《しか》めた。本当に眩しかったのは夕季子の目だった。道化た顔の中に、幼ないふりを楽しんでいるような成熟した女の目があった。その女の目で夕季子が自分をもう「兄ちゃん」ではなく一人の男として見ている気がした。「普通の女じゃなく、普通の子供なんだろ?」ごまかすと、「私、もう大人だから」この時も夕季子は言った。

その同じホームに、夕季子はふたたび翌年の三月、髪に黄色いリボンをつけ、地味な灰色のワンピースを着て、降りたった。リボンの明色と服の暗色の不釣合《ふつりあい》が、そのまま夕季子の年齢であり、顔であった。考えてみると、十九年前、二人の間に姪孫《まためい》の言ったような愛の思い出と呼べる日々があったとすれば、それは冬の幕が降り、春が始まるまでの、季節の間奏曲に似たひと月だけである。かと言ってしかし、二人がその一か月を普通の恋人同士のように仲睦《なかむつ》まじく暮したというわけではなかった。表面上はあくまで、〝兄妹みたいな叔父と姪《めい》〟として過した。

構治は、この時も、金と時間の両方がなくて、前年の秋の上京で夕季子をすっかり気に入ったらしい友人たちに電話をかけ、誘ってやってくれと頼んだが、夕季子は三度に一度しか誘いに応じず、朝早く起きて洗濯《せんたく》をしたり、半年の間にまた散らかし放題になった部屋を片付けたり、夜は構治が戻《もど》るまでの長い時間を本棚《ほんだな》から構治の奨《すす》める本をとりだして読んだり、壊れかけの映りの悪いテレビを見て過した。構治には馬鹿《ば》《か》な冗談ばかり言って、大声で笑っていた。二年後、夕季子が死んだ時、構治にはそのひと月の本当に楽しそうな笑い声しか思い出せなかったが、つき合って声をあげながら、構治の側ではいつも笑いきれない物が胸に残った。

構治が朝早く部屋を出て夜遅く戻るのは、金と時間のせいだけではなかった。折角東京に来たんだからと外出を勧めると、夕季子は、「東京じゃなくこの部屋に来たんだからいいの」と答える。そんな時どんな言葉を返したらいいかわからないし、浴室から構治のワイシャツをガウンがわりに出てきた夕季子の洗い髪が、肩のあたりを雫《しずく》で濡《ぬ》らすのを見ると、視線をどこへ逃がしたらいいかわからない。毎朝出窓に干される夕季子の下着を見る時も目の遣《や》り場を失う。「近所に同棲でもしてると思われるだろ。やめろよ」構治の注意など知らん振りで、翌朝には、自分と構治の下着をわざと並べて干したりする。叔父の目で見ようとすると男の目が割りこみ、男の目で見ているると叔父の目が押しこんできてそんな目をするなと窘《たしな》める、構治の夕季子に向ける目も季節と同じに半端《はんぱ》なのであった。

どっちつかずに揺れる胸の秤《はかり》の、何とか平衡を保とうと踏んばる足に、構治は夕季子が上京して一週間目には疲れてしまったのだが、それでも楽しげな笑い声のうちにひと月近くはあっという間に過ぎた。

「そろそろ汽車の切符買った方がいいよ」構治がそんな声を掛けるようになった三月の末であった。構治は仕事の最中に、先生のカメラを床に落とし、レンズを割ってしまった。パンチとともに「もう明日から来なくていい」怒声が飛んできて、仕事場を追い出された。その夜、酒場で飲んだが、いくら飲んでも酔いでは気持ちの暗澹《あんたん》をごまかしきれないまま、アパートへ戻った。酔い以外のものは顔に出さないよう気をつけてドアを開けると、夕季子がいつも以上にはしゃいでいる。「けたけた笑ってばかりいないで少しは真面目《まじめ》になれよ」思わず不機嫌《ふきげん》な声になった。しまったと思って、顔をあげると夕季子はもう笑顔ではなかった。「じゃあ真面目なこと言うから真面目に聞いて。私、下関へ帰りたくない。このまま一生兄ちゃんの傍で暮す——」夕季子の目は怒りのような強い視線を、構治の目に打ちこんでくる。「バーカ」ふざけて、夕季子の頭をこづき、「一生なんて大袈裟《おおげさ》な言葉は、真面目な言葉じゃないっ」それだけを答えると、構治は服を着たまま布団《ふとん》を頭からかぶってしまった。

翌日の昼前、「さっき先生から電話掛ってきたよ。兄ちゃん凄《すご》い失敗したんだって」そんな声とともに揺り起こされた。「先生、カンカンね。新しい人来たから、もう本当に来なくていいって」陽《ひ》ざしはもう高く眩しくなっていた。「いいよ。俺の方でやめるつもりだったんだから」またかぶった煎餅《せんべい》布団を夕季子は力いっぱい払いのけ、「仕事行かなくていいなら、どっか旅行いこうよ。私ももう最後だし」

「金、一万しかない。お前持ってるのか」

「帰りの汽車賃だけ」

しみったれてるなあ、こんなんじゃ一生つき合ってくれる女探せないよと顔を顰め、すぐ大袈裟に手を打った。

「だったら競馬場行こう。よく行くんでしょ。押入れの隅《すみ》にはずれ馬券いっぱいあった……」

そう言うと返事も待たず、敷布団ごと構治の背を押しあげた。

「さあ起きた、起きた——悪いことあると必ずいことあるって、祖父《じい》ちゃんいつも言ってるじゃない。一万を百万にして旅行いこうよ」

だがついてない時は所詮《しょせん》ついてないものである。管理人から借りた自転車を一時間も漕《こ》いでわざわざ出かけた府中の競馬場では、焦《あせ》って大穴ばかりを狙《ねら》ったのがいけなかったのだろう、最終レース前に一万円は皆はずれ馬券に変わってしまった。夕季子の方はそれでも初めて見る競馬や労働者の作業着が目立つ少し荒《すさ》んだ雰囲気《ふんいき》を結構楽しむ風で、「またか」ため息をつきながらも春めきだした光の中に舞いしく馬券を摑もうとして歓声をあげたりした。

帰路は荷台に乗せた夕季子の躰《からだ》が、往《い》きよりさらに重く感じられた。明日からの文無し暮しそのままに夕風は厳しく冷たく吹きつけてきて、三十分もペダルを漕ぐと疲れ果ててしまった。

「休もう」声を掛けようとするのと同時に、「もっと早く走って」夕季子は顔を構治の背に押しつけてさらに何か言ったが、声は風に千切れた。

「何だって？」

「死のうよ。あのダンプに突っこんで」

耳のすぐ裏で夕季子は叫んだ。

「馬鹿言うな！」

「兄ちゃん死ぬしかないじゃない。夢壊れたし、金もないし、女にもてないし、どん底じゃない。子供ん時世話になったから、あたし一緒に死んだげるからさあ」

風に負けまいと張りあげる大声は冗談なのか、街は夕暮れ、向かう西の空には都会の塵《ちり》にまみれた夕陽がとろんと落ちかけている。風はさらに冷たく、懐《ふところ》も胸も空っぽになった中へと、ダンプの燈《ライト》とともに、子供の頃《ころ》こんな風に一緒に自転車に乗った思い出が構治のなかにぼんやりと滲《し》みこんできて、一瞬、本当に一瞬だけ、このまま夕季子と死ぬのも悪くないなと思い、同時にブレーキを掛けた。

「馬鹿。この自転車壊したら明日から管理人の子供、学校へ通えなくなるんだぞ」

首を捩《ねじ》って言った構治に夕季子が舌を突きだして笑った時、ダンプより先に通過したパトカーが二人の十メートルほど背後に駐《と》まるのが見えた。

制服しか似合わないような厳《いか》めしい顔の巡査に、さんざ二人乗りを咎《とが》められ、後は六キロの道のりを歩いて戻ると、夜はもう暗かった。

まだ自分の方に少しだけ金が残っているからと、夕季子は晩御飯の材料を買いに行き、「でも馘《くび》になったお蔭《かげ》で、最後の一日だけ兄ちゃんと一緒に過せたね」と微笑《わら》った。整えた食事に手をつけようとした時、ドアにノックがあった。

開いたドアのむこうに立っていたのは、昨年一年関係を燻《くすぶ》らせた酒場の女で、厚化粧の中でにっこり笑い、「しばらく店の方来ないじゃないの。確かユッコさんだった? 来てるんだって。一昨日《おととい》宮本ちゃんに聞いた……」構治の親友の名を出した。去年この女の酒場に一度、夕季子を連れていったことがある。覗きこんだ女の顔を憶《おぼ》えていたらしく、夕季子は上機嫌な声で「どうぞ、御飯一緒に食べません」と誘った。構治は別れたつもりだが、女の方ではそのつもりはないらしい。だが構治は女を中に入れることにした。自分の本当の生活を夕季子に見せておいた方がいいと考えたのだ。「死のう」と冗談めかした言葉が、夕季子のどんな気持ちから出ているか、悟れないほど構治も馬鹿ではなかった。口では悪し様《ざま》に言いながらも金も明日もない男に、まだ子供の頃の兄ちゃんを夢みているのだ。その夢を現実で壊しておいた方がいい、そう思った。

料理が大体かたづき、女が帰っていくまでの二時間、夕季子は愛想のいい顔を一度も崩さなかった。「夕季子ちゃん気をつけなさいよ。構治の〝構〟は女なら母親でも

妹でも構わないって意味だって言われてんだから」という女の下卑《げび》た言葉や「甑にな
ったからヒモにしろよ」構治の冗談に、「本当。兄ちゃんヒモにしてやって下さい。

妹からもお願いします」笑って頭をさげたり、「化粧の仕方教えて」女から化粧道具
を借りてアイラインを引いてもらったりしていたが、構治が女を外まで送って煙草《たばこ》を
買って戻り、「どうだ、もてるだろう?」と言うと、不意に不機嫌な目で睨《にら》んだ。

「化粧とれよ」

「どうしてよ。厚化粧の女、好きなんでしょ?」

つっかかるような言い方になった。

「化粧が似合う女と似合わない女がいる。とれよ」

夕季子は首をふり、グラスの酒を飲んだ。

「もうやめろ、相当酔ってるじゃないか」

「大人なの。勝手でしょ」

いつもの口癖を息とともに吐きだした。

「今の女、可哀相……兄ちゃんに嫌われてること知らないで得意になってるんだも
の」

「好きだよ。真面目にあいつと結婚考えてる」

「——大人って嘘《うそ》つく人のことですか？」

そう言うと、ふざけた指で唇《くちびる》の口紅をこすりとり、その指で構治の頰《ほお》に唇の形を描《か》いた。

夕季子の言葉やそんな仕草にではない、この時突然、胸に自分でも説明できない怒りがつきあげてきて、構治は奥の部屋からタオルと手鏡をもってくると夕季子の前にどんと音をたてておいた。

構治が腹を立てたのがわかったらしい。夕季子は黙ってタオルをとり顔を拭《ぬぐ》い始めたが、すぐにその手をとめた。鏡の中の夕季子の顔にポタポタとマスカラの黒い雫が落ちた。「兄ちゃんのこと好きだから……」涙の言い訳のように夕季子は言った。突然の涙に戸惑いながら、「そりゃ嫌われてるとは思ってないよ」構治は何とか、軽口でごまかそうとしたが、夕季子はその一言で堰《せき》を切った形だった。

「好きって、男として愛してるってことなの」

「ただのひと月一緒にいたくらいで愛なんて言葉だすなよ」

構治のそんな一言では、唇から溢《あふ》れだした言葉をとめられなかった。

「恋愛が日数なら私の方があの女に勝ってるわよ。兄ちゃん、私が生まれた時から中学までずっと一緒にいてくれたんだから。兄ちゃんだって私のこと好きなの。私のことどうやって見てるか、その目どうやってごまかそうとしてるか、それぐらい、わかってるわよ私だって。なんでごまかさなくちゃいけないの。叔父と姪なんて血の繋《つな》がり薄いんだし、法律だけじゃないの。兄ちゃんがその気になりさえすれば、この部屋出て明日にでも一緒に暮せるわ。私、そのつもりで下関出てきたのよ、母さんだって何だって棄《す》てられるわ。一生、一緒に暮したい」

「無茶言うな。法律ごまかしたって、世間の目気にしながら、子供も作れないで——そんな関係長続きしやしないさ」

「世間の目なんて気にならないもん。私が気にしてるの、兄ちゃんの目だけだもの。兄ちゃんが他の女見る時、私がどんなに傷ついてるか、兄ちゃん知らないでしょ。いいえ、知ってて知らんふりしてる。そんなの汚ないよ」

「じゃあ汚ない男になんか好きだなんて言うなよ」

それまで膝《ひざ》の上の手鏡に喋《しゃべ》りかけるような垂れていた夕季子はこの時やっと顔をあげた。今まで何も喋りはしなかったというように屹《きっ》と唇を結んでいた。ただマスカラの黒く滲《にじ》んだ目だけで泣いている夕季子に、子供の頃「泣くなよ」と兄ちゃんが掛けた言葉を必死に守ろうとやはり目だけで泣いた顔が二重写しに思いだされ、構治はぼんやりしてしまった。

「構治の〝構〟は私だって構わないの意味……」

ひとり言のように呟《つぶや》いた夕季子の言葉の意味が、構治にはすぐわからなかった。

「今夜も綺麗《きれい》だからいい――」

「――？」

「今夜だけじゃなく最初の晩からよかった」

「何が良かったんだ」

「今夜も下着綺麗だからいいの……」

そんな言葉も大人すぎる真紅の口紅も似合わず、幼ない線を残した唇は少し淋《さび》しそうに見えた。

「兄ちゃん、私が毎朝下着洗ってるの、何故《なぜ》だと思ってたのよっ」

最後は大声になり、実際ひとり言に過ぎなかったように構治の何の返答も待たないで、そのままテーブルにつっぷし、今度は全身で泣きだした。

泣くなよと、もうそんな幼ない言葉は自然に口を衝《つ》いてくれず、構治はただぼんやりと食べ残しとソースで汚れた皿《さら》を眺《なが》め、夜の静寂を破る泣き声を聞いていた。

確かに二十歳を過ぎてからいろんな女と関《かか》わり合ってきたが、結婚してもいい、一生一緒に暮せそうだと思ったのは一人きりだった。それが目の前で泣き伏している、十九歳の、愛という言葉を頭で理解していても口に出して現実の声にした途端、不意にわからなくなり、それが恐《こわ》くなったように泣きだしてしまったような娘なのである。結婚とか一生とか、しかしそんな言葉を返してやるわけにはいかなかった。法律とか世間とかだけではなかった。〝一生〟という言葉を信じられるほど構治はもう幼くない。子供の頃は全く感じなかった年齢差が、今大きな溝《みぞ》となって、東京での数年の暮しで擦れてしまった男と、その幼ない泣き声を距《へだ》てていた。

ずいぶん時間が流れ、夕季子はいつの間にか泣きやみ眠ったようにしんとしている。構治もいつの間にか棚の目覚まし時計をとってボタンをいじっていた。そのベルを鳴らし、夕季子の耳に近づけると、夕季子ははっと顔をあげ、実際夢から覚めでもしたように、そこに構治がいるのを不思議がっているような顔をした。構治はやっと口を開いた。

「いつも大人だって威張ってるだろ。大人ってのは嘘をつくことじゃなく、つけることだよ。いや、本当のことでも言ってはいけないことなら口にしないことだ。口にしてしまったら、今のは冗談だって笑えることだ。酒飲むだけじゃなく、それやろうや」

まだ霞《かす》んで構治の顔が見えないといった目のまま、やがて、夕季子はこっくりと肯《うなず》き、「二人乗りなんか大人のすることじゃないだろ? わかってるの、君」夕方の巡査の言葉と口調を倣《まね》て言うと、「この部屋でばら撒《ま》きたかったんだ」毛糸編みのバッグからはずれ馬券をとり出し、天井へ放り投げた。そして浴室へ入ると、しばらくして水音とともに「兄ちゃん、先に寝てよ。凄い顔だから私はお風呂《ふろ》入って寝るから」ドア越しに元気な声が聞こえた。

寝つかれないまま布団をかぶった闇《やみ》の中で、湯音や浴室から出てくる足音や襖《ふすま》を閉める音を聞き、それでも雨音がぱらつく頃には眠りに落ちた。外出着に着がえた夕季子が構治を揺りおこし、「一番列車で帰るから、そこまで送って」と言ったのは、まだ夜も明けきらない時刻だった。絶えまなく降る雨が空にいつもより深く夜の色を残した中を、二人は骨の折れた一本の傘《かさ》を、遠慮がちにすぼめた肩で分けあって歩いた。

駅へ曲がる最後の街角で、夕季子は「ここでいい」と言うと、構治がもっていけと押しつけた傘を、首をふって押し返し、「昨日の晩、酔っ払って変なこと言ったみたいだけど、あれ皆嘘だから……私この一月で二十歳《はたち》になったの。青春との訣別《けつべつ》にちょっと焦って、あんな冗談やっただけ」小さく笑った。肯いた構治に、「あんなこと嘘だって証拠に、私、他に好きな人がいてもうすぐ結婚するから……」意外なことを言った。母の店に来る水道屋の店員で、去年の夏ごろから交際していたが、この一月に正式な求婚を受けたから、「卒業した後ならいい」と返事したという。

「本当よ、母さんはまだ知らないけど、戻ったらすぐにでも話すつもり。昨日の晩のこと全部嘘。昨日もう一つ嘘言った――今日、仕事行ってね。先生、本当は電話で、あんな事ぐらいでくよくよしてないで、一日休みやるから明日は出て来いって――ごめんんね。それから一か月有難《ありがと》うございました」

最後の挨拶《あいさつ》は他人行儀に丁寧に言って、傘からとびだし、あっという間に角を曲がり、姿を消した。結婚という言葉が構治の実感とならないうちの、あっけない別れで、雨音の淋しさだけが余韻となった。

桜が咲き、その桜も雨に流れる頃、姉から夕季子の結婚を許したという電話が入った。「大した男じゃないけど、優しいし、婿養子《むこようし》として家に入ってくれるというから。自分は水道屋を続けるけど、夕季子には私の店手伝わせていいとも言ってくれてるしね――」松岡布美雄《まつおかふみお》という、構治より三つ年下、二十三歳の青年だった。

「仲良すぎるから変だとは思ってたのよ」そんな姉の言葉も信じきれないうちに三か月後、夏の盛りを迎える頃、結婚披露宴《ひろうえん》の招待状が届いた。活字で並んだ二人の名は、もう、どう誤魔化しようもない現実であった。三月末の晩のことはやはり嘘だったのだろう、いやたとえ多少の本気はあったとしても、まだ恋に憧《あこが》れる年齢で結婚を決めてしまったのが淋しくて、いちばん身近にいた男を借りて一生一度の恋の真似事《まねごと》をしたかっただけだろう——構治はそう割りきることで式に列席する決心をした。

式は下関のホテルでおこなわれたが、構治と夕季子が初めて視線を交えたのは、客たちが披露宴会場に流れこむ時だった。この時、純白のドレスが白すぎる肌《はだ》に淋しげに映えた夕季子は照れたように肩を竦《すく》めて、くすっと笑った。

新郎の松岡布美雄、いや今日から香川家に入り香川布美雄となる男は背の低い貧弱な体つきで、地味な顔にはタキシードの蝶《ちょう》ネクタイが似合わなかった。こんな男に夕季子の二十歳の美しさを独占させるのは勿体《もったい》ない気がしたが、スピーチで誰《だれ》かが「新郎にはカメラの趣味があり」と言った。もしかしたら夕季子はそのカメラの一言に魅《ひ》かれたのかも知れない。

そう考えた時、前夜の夜行で眠れなかったせいもあるだろう、不意に酔いがまわった。トイレに立とうと廊下に出ると、ちょうど新郎新婦がお色直しを終えて控室を出てくるのとぶつかった。「私の叔父さん」夕季子がそう紹介し、「おめでとう」構治は笑顔で手を伸ばした。確かにそのつもりだった。だが気がついた時、握手を求めようとした手は、新郎の魚の小骨みたいな貧弱な顎《あご》をしたたかに殴りつけていた。後はどうなった新郎がよろける前に、構治の方が一度に酔いがまわり倒れていた。後はどうなったかわからない。目を覚ますと礼服のまま、そのホテルの一室のベッドに寝ていた。逃げ出すようにホテルを出て東京に戻《もど》った。

姉から怒って電話が掛るだろうと心配していたが、二日後の晩、新婚旅行先の宮崎からだと言って電話を掛けてきたのは夕季子だった。ホテルの部屋から掛けているけど、夫になったばかりの男はフロントに明日どこを回るか相談に行ってるから大丈夫だと言った。

「怒ってるだろ」

「あの人なら大丈夫。優しい人だから、酔ってたんでしょって笑い話にしてくれた。私はちょっと怒ってるけど」

「悪かった」

「――でも本当はちょっと嬉《うれ》しかったな」

「もう俺《おれ》のことは忘れろ。こんな電話掛けてくるなよ」

「自惚《うぬぼ》れてるう。兄ちゃんのこと、本当に兄ちゃんみたいな叔父さんとしか思ってないって、私――それから一言忠告しとくけど、別れたい女がいるなら、俺のこと忘れろなんて言ったら駄目《だめ》だよ。そんなこと言われたら、女は一生忘れられなくなるから」

「だったら俺のこと一生忘れるな……」

ふっと沈黙が落ち、「ウン」聞きとれぬほどの小声で夕季子は答え、幸福になれよと、そんな月並みな言葉をどう照れずに口にしたらいいか構治が迷っているうちに電話は切れてしまった。

それからわずか一年と二か月の結婚生活を経てあの事故を起こすまでに、構治は夕季子と一度しか顔を合わせなかった。

死ぬ二月前である。夕季子から突然電話が掛ってきて、「三十万都合つかない、もし借りられるなら、今夜の夜行に乗るから、東京駅までもってきて」そう頼まれた。構治は「わかった」と答えた。

夕季子が結婚して三か月後の秋、構治はたまたま応募した写真で国際的な賞をとり、それを機にひとり立ちし、自分の仕事場ももつようになっていた。下関まで伝わっている噂《うわさ》ほどの実入りはなかったが、もっと大きな仕事場をもちたいと思って貯《た》めている金が七十万ほどあった。

夕季子の声は一年ぶりだった。賞をとった時の「おめでとう」という言葉も、二か月前赤ん坊が生まれ、その子に亭主《ていしゅ》と自分の名を一字ずつとって夕美子と名づけたことも、この頃から時々東京へ遊びにくるようになった姉伝《づ》てに聞いた。その電話でも、翌朝金を届けに行った東京駅でも、夕季子は昔通りに「兄ちゃん」という呼び方をした。

この時二人は東京駅地下の食堂で三十分ほど喋っただけだった。亭主が自分の店をもちたがっていて、恰度《ちょうど》大通りにいい出物があるのだが、母やあちこちから金をかき集めてもどうしても百万が足りない、今夜中に手を打たなければいけないので、すぐまた列車に乗って戻るという。

「ただ東京の友達に借りてくると嘘言ってあるから、黙っててくれる？　何となく言い辛《づら》かったの。ついでに兄ちゃんの所へちょっと寄って子供を見せてくるとは言ってあるけど」

そんな言葉を聞いて、やはり結婚式で殴られたことは香川という男の気持ちの中に多少尾をひいて残っているのではないかと心配したが、口に出しては聞けなかった。

言葉通り、夕季子は二か月の赤ん坊を連れていた。「可愛《かわい》いな」と言うと、「借金のカタに預けておこうか」冗談を言い、構治のカメラに目を停《と》め、「賞を射とめた腕で母子《おやこ》を撮《うつ》してもらおうかな」と言った。十八年後成長したその娘が、カメラのレンズに構治の夕季子への熱い目を感じると言ったのが、この時撮した写真である。五回シャッターを切ったところで、だが夕季子は人が見てるから恥かしいと言い、赤ん坊を背負って立ちあがり、「子供の写真だから、家へも送ってほしいけど、兄ちゃんも手もとにおいて時々眺めて可愛がってやって」と言った。

一年ぶりの夕季子は、スーパーで買ったような安物のブラウスを着ていた。一気に娘から妻、母へと変わったせいだろう、昔とちっとも変わらぬ顔だちからただ幼なさだけが消えていた。カメラに向けてふざけて見せたが、そこにはもう結婚前の自然さはなかった。少し肉づきの良くなった肩に亭主のために金策に駆けまわる主婦の逞《たく》ましさがちらりと覗いた。その肩に子供の泣き声を背負い、改札口で、「一年のうちに必ず返すから」「いや、いつだっていいよ」そんな会話をしたのが最後になった。

現像して送った五枚の写真に何の返事もないまま、二か月後、その年の秋も深まりかけたある晩、姉が泣いて掛けてきた電話で、夕季子の突然の死を報《し》らされた。構治は、今夜からロスに行かなければならない、自分の一生を賭《か》けた仕事だから、悪いが葬儀には列席しない、香奠《こうでん》と花環《はなわ》だけを送らせてもらうと言った。ロス行きの話など全くの出鱈目《でたらめ》だった。何故葬儀に出たくないと考えたのか、自分でも説明はつかなかった。葬儀に出さえしなければ、夕季子の死を実感できぬまま、下関でずっと生き続けている、そう夢見ていられると考えたのか、夕季子の死は夫である香川一人の手で送り出した方がいい、自分は関わり合ってはならないと考えたのか――

自転車に乗っていてダンプと衝突したと聞かされた時、もしかしたら自殺したのではないかとそんな考えが一瞬頭を掠《かす》めたが、事故はダンプの一方的な不注意で、自殺などあり得なかった。「自惚れてる」夕季子の声が聞こえる気がした。仕事に没頭し、一週間目の真夜中、ふと思いたって東京駅で撮した写真を引き伸ばしてみた。現像液から浮かびあがった五つの顔は、悪戯《いたずら》っぽくふざけていても、妻であり母である女の顔だった。その顔にあの晩の幼なさを何とか探しだそうとしながら、ふと、「一生なんて大袈裟《おおげさ》な言葉」と窘《たしな》めた自分の言葉を思い出し、どうせあれから二年の短い一生だったなら、一緒に暮したいというあの晩の無茶な言葉に形だけでも肯いてやれば良かったなと思い、すぐに首を振った。「兄ちゃん、自惚れてる」またそんな声が聞こえそうな気がした。――死を報らされて一週間が過ぎ、この時初めて構治は、少し泣いた。

三

「あんたが、本気で結婚でもするつもりで抱いたって言うのなら赦《ゆる》すわよ。親族といってても夕美子とあんたなら結婚できるし、年齢の開きだって今の時代なら構やしないし。でも遊び半分に決まってるじゃないの。酔っ払って襲ってきたって夕美子は言ってるのよ。それにあんたが東京でどんな暮しをしてるかぐらい、ちゃんとわかってんのよ」

姉の郁代《いくよ》は総白髪《そうしらが》に染めた頭を揺さぶりながら、開口一番、一昨夜の電話と同じ言葉を吐き出した。

夕美子の言い分を一方的に信じこんでいるらしく、電話での答弁では埒《らち》があかず、結局構治は昨日一日でスケジュールを調整し、今朝一番の新幹線に乗り下関まで来たのである。今度の帰郷は姉だけにしか知らせていない。駅前のホテルに部屋をとり、早速に駅前広場から繋《つな》がる商店街のはずれにある姉の喫茶店を訪ねた。正確に数えると、夕季子が死んで三年後、両親が相次いで死にその葬儀に来た時以来だから帰郷は十五年ぶりである。姉の店も以前とは見違えるほど大きくなっているが、そんなことに驚いている余裕はなかった。構治が入っていくなり、姉は最近やっと年相応の皺《しわ》が目立ち始めた顔を怒りで真っ赤にしたのだった。

それは、週刊誌に二、三度書かれたし、上京の度に姉には暮しぶりを見られている、東京での乱れた女関係を指摘されれば、構治に返す言葉はない。だが親子ほど齢《とし》の離れた姪孫《まためい》に関しては潔白である。四か月半なら、夕美子が受験のために上京していたのと時期は一致するし、確かにその間に二度ほど酔い潰《つぶ》れて帰ったことはあったが、女を襲ったのを忘れるほど堕《お》ちぶれてはいないし、何より夕美子をそんな対象として感じたことはなかった。

死んだ夕季子に似た娘と半月一緒に暮し、胸に何の小波《さざなみ》も起きなかったと言えば嘘《うそ》になるが、体で感じるものはなかった。高校を出たばかりの娘を年齢の開きすぎた距離を無視してまで、女として欲望の焦点に絞りこみたいと考えるほどの若さは、今の構治にはない。現代っ子の夕美子に年齢以上の成熟があるとはいえ、その若さは構治の視線さえ撥《は》ねのけるほどの眩《まぶ》しさでしかなかった。

わざわざ本州の南端まで足を運んでの、構治のそんな弁明を姉はやっと信じてくれたらしい。

「じゃあ誰なのかしら、相手は。それにどうしてそんな嘘……」

構治の頭には一昨夜から夕美子が〝先輩〟と呼んでいた男が浮かんでいる。しかしその心当たりを今、姉に言うのは早すぎると考え、

「ともかく夕美ちゃんと話させてくれよ」

言った所へ、他のウェイトレスと同じ制服を着た夕美子が買物から戻ってきた。構治が来るのを知らされていなかったらしく、夕美子は目が合うなり顔を背《そむ》け、唇《くちびる》をき

っと結んだ。

その夕美子を構治は外へ連れだした。

二人は商店街を無言で歩き、小さな遊園地に足を踏み入れた。動物を形どった石の置き物が、子供達が帰ってしまった暮色の静寂に、眠りながら漂っているように見える。

風に髪を揺らして横顔で黙っている夕美子に、

「そいつも、ひんやりでめらめらなのか――先輩だったかな」

構治はそう切りだした。いつか血液型を聞かれたのは腹の子の父親としての適正を試されたのではないかと構治は想像していた。

夕美子は横顔のままため息をつき、肯いた。

「妻子があるの。離婚のこと真面目《まじめ》に考えてはくれたらしいけど……」

「後輩にめらめらしたけど、いざとなって家庭のひんやりの方とったわけだ。成人式前の娘が子供ができたって弱っているのに責任とれないような男と同じ性格してるとは思いたくないね、俺は……」

「……どうして怒らないの」

「怒ってるさ」

「だったら怒った顔すればいい。今、私そういう大人の分別臭い顔見るの一番嫌《いや》！」

「分別臭くもなるさ。夕美ちゃんの倍以上生きてるし、未婚の母ってのが流行語のカッコ良さしかないこともわかってるし……」

「いいのよ、それはもう。堕《おろ》すことに決心したし、今夜にでもおじさんのことは嘘だったって祖母《ばあ》ちゃんにも父さんにも言うつもりだったから」

「そうしてくれるか。東京なら構わないが、下関じゃ悪い噂たてられたくないよ。俺だって郷里ぐらい綺麗《きれい》に残しておきたいよ……」

「母さんの思い出も？」

ふり向くと、夕美子は挑《いど》むような目をした。

「私が何故《なぜ》おじさんの名出したかわかる？　私、おじさんなら絶対怒らないとわかってたの。もしかしたら嘘とわかってても自分の子供だと言って私と結婚してくれるかもしれないって気がしたから」

「どうして」

「おじさん、母さん愛してたし、私、母さんの子供だから……」

「それが答えか」構治は少し笑った。「そりゃ夕美ちゃんの母さん綺麗だったたし、多少気はあったかも知れんが、他の男と結婚して、しかも死んじゃった女を二十年も憶《おぼ》えてられるほど東京での生活は甘くないさ。もうそのことを口にするのはやめろ。お前の父さんと顔合わせ辛くなるじゃないか。それからはっきり言っておくが、俺はお前庇《かば》って、他の男の子供を自分の子供だって言うほど優しくはないぞ」

夕美子は構治の表情に今の言葉の嘘を必死に探ろうとするように睨《にら》みつけていたが

「私は正直に言うわ。おじさんのこと好きで結婚してと言ったの半分ぐらい本当よ」

言ってまた横を向いた。

そんな言葉を聞いていると、決心がついたと言ってもまだ口先だけだなと心配ではあったが、ともかく喫茶店に連れ戻り、姉の郁代の前で自分の無実を証明させた。

「子供は処置する」と聞いて、郁代は安堵《あんど》の息をもらし、今からすぐ電話をして布美雄さんを呼ぶと言った。婿養子であり、死んだ夕季子の亭主であり、夕美子の父親である香川のことである。

「布美雄さんは田原さんがそんなことするはずがないと言ってたんだけど、私が夕美子の言うこと真《ま》に受けちゃって……」

電話を掛けようとするのをとめ、徹夜で来たからもうホテルへ帰って一眠りしたい、帰り道で自分が寄るからと構治は言った。明日、東京へ戻る前にもう一度来るからと言い残して店を出た。

夕美子は構治の挨拶《あいさつ》にも目を外《そ》らし、じっと壁を見ていた。自分の何に怒っているのか、十八の娘の頭の中は、四十五歳になった構治にはわからなかった。わかるのは夕美子が十九年前の夕季子と同じ危なっかしい年齢にいることだけである。今度の風船は小さな生命《いのち》をつけて、今にも落ちそうに漂っている。可哀相とは思うが、構治がそれに手をさしのべてやれるというものでもない。

明日夕季子の墓参りをしてやろうか、初めてのことだが、あれから十八年経《た》っている、もうその死と対《む》い合《か》ってもいい頃《ころ》だ——そう思いながらゆっくりと商店街を駅に向かって歩き、ビルに挟《はさ》まれ、香川商店と古い看板の低く掲《かか》った店の前で足を停めた。店先で香川布美雄は、周囲に薄闇《うすやみ》がたちこめているのに燈《ひ》も点《とも》さず、水道管の赤錆《あかさび》を鑢《やすり》で必死に落としている。

母の葬儀で通り一遍の言葉を交わしてからだから、この男とも十五年ぶりである。当時より一層老《ふ》けて、年上である構治の兄ほどに見える。耳の周辺の髪が胡麻塩《ごましお》になっている。「あの人、家の中でも他《よそ》の家の台所で水道修理してる時と同じなのよ」姉がいつかそう評したが、入りこんだ家で夕季子の死後も婿養子としての小さな場を、実際水道管を繋ぐように細く守り通してきた男は、店も体も小さかった。結婚式の時にはどうしてこんな男と思ったものだが、今薄暮の中で必死に鑢をかけている姿を構治は蔑《さげす》むわけにはいかないと思った。姉は喫茶店を手伝ってもらいたいと願っているが、家の中での小さな場とともに、その小さな仕事を守りぬいた男が自分よりずっと太く生きていると思えた。

構治はしばらく声をかけず見惚《みと》れていた。人生とか一生とか大袈裟な言葉は嫌《きら》いだが、猫背《ねこぜ》のように肩を丸めたその姿に人生という言葉が何の衒《てら》いもなく頭に浮かんだ。久しぶりに人間を肉眼で見ている気がした。

やっと構治に気づいて、香川は立ちあがると作業帽をとり深々と頭をさげた。喫茶店の方からすぐに電話が掛ってきて事情は聞いたという。

「申し訳けなかったです。私はあいつが嘘言ってることわかってましたが――」

「いや」

自分は何とも思っていないと構治は答え、一、二分差し障りない立話を交わした。今夜は家でゆっくり食事でもという誘いを丁重に断って、構治は店を出た。

立ちあがった時、ふっと香川が大きく見えたことに構治は驚いていた。汗水垂らして働いている男へのレンズの向こうの嘘しか追えない男の後ろめたさだったのか、夕季子の写真をとうとう十八年破らずに残してしまったことへの後ろめたさだったのか。

香川の方では忘れてくれているとしても、結婚式の時に一発見舞ってしまったのは、構治の側にむしろしこりを残している。

夕美子の決心は口先だけではないのか——遊園地での構治の心配はその夜、現実になった。

ホテルに戻《もど》り、最上階のラウンジで食事をしていると広がる夜景に、この街も変わってしまった、海までがもう昔とは違って都会の付属品になっていると思った。幼年時代の夕季子の思い出もネオンの極彩色にかき消され遠すぎるように思えてくる。食事を早目に切りあげて部屋に戻り、寝ついたと思った所へ電話が鳴った。

姉の郁代からだった。夕美子がまたおじさんの子供だと言いだした、それだけじゃなく他にも困ったこと言ってるからすぐに来てくれないか、くぐもり声で言う。電話を切り枕元《まくらもと》の時計を見ると、九時半をさしている。三十分は眠ったが、頭に睡気《ねむけ》と酔いがしつこく貼《は》りついている。風呂場《ふろば》で頭を水につけ、急いで着替えて、姉の家までは歩いても二十分だが、車に飛び乗った。車はすぐに商店街を走りだし、シャッターを閉ざした香川の店が車窓に流れた。山口弁で語りかけてくる運転手に構治はほとんど何も答えなかった。夕美子が言いだした困ったこととはもしかしたら自分が夕季子を愛していたということではないかという気がしたのだ。

その心配も当たった。

五分後には家に着いた。門柱も石垣《いしがき》も昔と変わりない小造りの家の窓には静かな燈が滲《にじ》んでいたが、玄関を開くなり、「何言ってる、お前は——」香川らしい怒声が奥から聞こえ、同時に姉が丸い体で転がるように出てきて、早く上がってくれと手招きした。店の拡張に追われ家の方には手が回らなかったらしい、雨漏りのようなしみで剝《は》げかけた廊下を進むと、六畳の茶の間に、夕美子は顔を髪に埋《うず》めてうな垂れて座っている。怒りで顔を紅潮させた香川は、構治を見るとネルの寝巻きの襟《えり》もとを直し、詫《わ》びるように小さく頭をさげた。

姉の説明では、三十分ほど前に父親に誰《だれ》の子供だと問いつめられ、夕美子は間違いなくおじさんの子供だ、おじさんは母さんを愛してたけど抱けなかったから代わりに私を抱いたのだと言いだしたという。

「そりゃ、あんたと夕季子は兄妹《きょうだい》みたいに仲良かったけど、なんでそんな事言いだしたのか——夕美子、おじさんの前で今のこと言ってごらん！　私や父さんは騙《だま》せてもおじさんの前では嘘言えないだろ」

夕美子は、だが髪をふり払って顔をあげ、

「何度でも言えるわ。本当のことだから。おじさんは母さん愛してたし、母さんだって父さん裏切っておじさん愛してたのよ」

視線を涙の光で研《と》いで構治の目へと突き刺してくる。感情の堰《せき》が完全に切れているらしい。その激しい顔が十九年前のあの晩マスカラの涙を流した夕季子に似ている、一瞬そう思って、構治にはやっと自分の何に夕美子が腹を立てているのかわかった。睨みつけてくる目は、私が妻子ある人好きになったからっておじさんだけは私を責められないはずだわ、おじさんだって母さんのこと結婚した後も想《おも》ってたんだから、そう叫んでいるのだ。十八の娘がそれほどまで必死に腹の子とその父親を庇いたがっているのが、哀れな気もしたが、こうなったら問題の先輩のことも話す他はない。「じゃあ夕方に遊園地で言ったこと」

構治が言いかけたのを、「証拠だってあるわ」夕美子は遮《さえぎ》って奥の部屋へ駆けこみ、写真を持ってくると、三人の大人達の前に叩《たた》きつけるように並べた。東京駅で撮った五枚の写真である。瞬間、夕美子はやはり上京の際、藤村の詩集の中にこれと同じ写真を見つけたのではないか、構治の胸に冷たい雫《しずく》が落ちた。だが、そうではなかった。

「母さんの顔見てよ。唇の形――愛《、》し《、》て《、》るって言ってるわ」

構治は即座には意味がわからなかった。その写真の悪戯《いたずら》半分の表情も、十八年間もう見慣れすぎてセピア色に褪《あ》せている。眉《まゆ》をつりあげたり片目を閉じたり、首を倒したり、肩を竦《すく》めたり、それに合わせて唇も突きだしたり両端に引いたりしているだけだと思っていた。だが夕美子に言われて初めて唇だけに視線の焦点をおくと、五つの顔は五つの声を発しているように見える。少なくとも夕美子が並べた順で最初の二枚は、あといの発声練習の唇の形そのままである。

「あ、い、し、て、る――」

夕美子の声がふと、写真の夕季子の声となって響いてきた。

「ただの偶然だよ。ふざけてるだけじゃないか」

姉の呟《つぶや》きを非道《ひど》く遠くに聞き、「そう偶然だ」口ではそう言いながら、胸の中で構治は激しく首を振った。愛してる――確かに夕季子はそう言ったのだ。十八年前、あの東京駅の食堂で。

「違うわ。母さん、カメラに向けて、おじさんに向けて大声でそう言ってる。結婚してるのに、子供の私抱いてるのに――おじさんだってはっきり聞いたはずだわ！」

いや、声としては聞こえなかった。だから十八年気づかずにいた。だが、今やっとその声は構治の耳に届いた。愛してる――夕季子が大声でそう叫んでいる。あの時、だから夕季子は五枚で「やめて」と言い、「子供の写真兄ちゃんももっててよ」と言ったのだ。子供ではなく、その声を言葉を自分に残したかったのだ――

「こんな物が何で証拠になる。馬鹿《ばか》にするな」

香川が掻《か》き集めて卓袱台《ちゃぶだい》に置き、その一枚が畳に零《こぼ》れ落ちた時、この十八年、夕季子のことを思うたびに聞こえてきた「自惚《うぬぼ》れ」という声が消えた。

あいつは俺《おれ》を愛してくれてた――

いや、夕季子だけじゃなく俺だって惚れてた。惚れてたが、叔父と姪だったから、その気持ちを夕季子の男と結婚したから、その男の奥さんとして死んでしまったから、その気持ちを夕季子の顔とともに全部嘘の陰画にして葬《ほうむ》ってきた。「一生なんて言うな」昔、夕季子にそう言ったことがある。だが一生なんて短いものじゃないか、忘れきれずにいるうちに、死んだと聞かされた時、本当は思いきり流したかった涙を我慢しているうちにもう半分が過ぎたじゃないか。

「愛してる」もう一度はっきりその声が聞こえ、その時突然の怒りのように、十八年堪《こら》えてきたものが構治の胸を突きあげてきた。構治は潤《うる》んだ目を誤魔化すために意味もなく笑った。その涙で十八年間胸の奥の陰画に閉ざしておいた夕季子の顔をやっと焼きつけてみると、陽画は今目の前にいる娘の顔になった。自分はこの娘を愛してなどいない、俺が愛したのは夕季子だ。この娘だって本当に俺のことなど愛してはいない……だが十九年前、俺も夕季子も真実《ほんとう》の気持ちを全部嘘にしたのなら、今この嘘を全部真実にしてやる――

香川の声が聞こえた。

「一体、その子の父親は誰なんだ。東京にいる奴《やつ》か。だったら今から夜行にとび乗ってそいつに会いにいく。もう本当のことを言え誰の子供だ！」

「……俺の子供だよ」

息とともに声が唇から零れだした。小声だったが、香川の怒声は吹きとばされ、三つの顔が一斉《いっせい》にふり向いて、目を構治に集めた。誰より驚いたのは夕美子だった。が、その夕美子よりも実は構治自身が驚いた。それほど自然にその声は構治の口を衝《つ》いていた。

「おじさん……」

夕美子の唇からも零れだした声に、

「夕美ちゃん、悪かったな、さっきは遊園地で嘘言ってくれって頼んだけど、もう誤魔化せないさ。本当のことを言う。俺は酔っ払ってこの娘《こ》を抱いた。――責任はとるよ。夕美ちゃんも結婚してくれと言ってるし、赦《ゆる》してもらえるなら、そうする。子供を生んで育てる。夕美ちゃんの言った通りだよ。夕季子が好きだったが、抱けなかったから、その代わりに夕美ちゃんを抱いた――」

嘘から真実へと階段を一段ずつ上りつめるように構治はゆっくりと喋《しゃべ》った。香川に目を据《す》えていたので、自分の一言ごとにその痩《や》せた顔が怒りに膨れあがっていくのがわかった。卓袱台が押しのけられ、写真が全部畳に落ち、構治は胸倉を掴《つか》まれた。香川の振りあげた腕を、姉が躰《からだ》を巻きつけて制《と》めた。構治は身動き一つしなかった。

「殴るなら結婚式の時にしてくれないかな」そう言って、写真の一枚を表返した。

「俺、あいつが好きだったよ。死んだ夕季子に本当に惚《ほ》れてた」姉の郁代が「構治、言っていいことと悪いことが――」遮りかけた声を目で押し返し、「いや最後まで言わせてくれよ。俺、本当に惚れてた。血縁だなんて言ってられないじゃないか、あんなに可愛《かわい》かったんだから。けど、夕美ちゃん、これだけははっきり言っとくけど、お前の母さんの方では俺のこと何とも思ってなかったな。子供の頃から仲の良かったただの兄ちゃんさ。一度割とマジに一生結婚しないで俺と暮さんかと聞いてみたことあったけど、あいつ笑って相手にもしなかったよ。結婚前に相談受けた。あんないい人いないからすぐにでも結婚したいと言ってた。この写真撮《うつ》した時だって、お前の父さんのこと凄《すご》く優しい人だって、だから最高に幸福だって言ってた。それなのに誰に向かって愛してるなんて言うんだよ。結婚してたった一年ちょっとだったけど一生ぶんの幸福やって死んでったんだ」

あいつも俺に惚れてたんだなどとは言えなかった。あの晩俺が肯《うなず》いてたらあいつ本当に全部棄《す》てて俺の所へ来た、俺が首を振ったから、あいつ淋《さび》しくて結婚したんだとは、この、他人の家の台所で、商店街のビルの合い間で、この家で、隅《すみ》の小さな場所を守り通し、俺などよりずっと一生懸命生きてきた男に絶対に言ってはならないことだった。

大人ってのは、嘘《うそ》をつけることだ、十九年前の晩の自分の言葉を構治は今でも忘れていない。「本当のことでも言ってはいけないことなら口にしないことだ」夕季子がそれをやった。子供の頃、「泣くな」という言葉に必死に涙だけで堪えたみたいに、俺の、兄ちゃんの言葉守って、あの翌朝の雨の街角で「冗談だった」と笑い、東京駅の地下でも唇《くちびる》の形だけで「愛してる」と言った。馬鹿だよ、あいつ、死ぬなら思いきり大声で叫んで死んで行けよ、死ぬとわかってればこの人のいい亭主《ていしゅ》なら絶対許してくれた、結婚しても母親になっても、それでも昔自転車に乗せて海へ連れてってくれた兄ちゃんのこと忘れられないほど子供だったなら、無理して大人の真似《まね》なんかやらなくてよかったんだ――構治は、表返した写真の一枚に十八年探し続けてきた幼ない線をやっと見つけた。

構治の淡々とした声に圧《お》されたのか、香川は義母の躰をふり払い、部屋を出ると二階へ上がっていった。その拍子に倒れた姉は、「あんな力ある人とは思わなかったよ」

腰をさすりながら起きあがり「構治、あんた……」済まなそうな目をした。姉は自分の嘘に気づいてるなと感じながら「いいよ、これで。女誑《おんなたら》しの面目躍如だもんな、こんな若い娘と結婚すりゃ」構治は答えて、うな垂れている夕美子をふり返った。「俺の気持ちは決まったが、夕美ちゃん、お前だって実際にいざ父さんより年上の男と結婚するとなれば迷うだろう。ゆっくり考えて東京の方へ電話くれよ。父さんや祖《ば》母《あ》ちゃんの意見だってあるし。ただ……」

少し顔をあげ、髪の間から涙の跡の伝った頬を見せた夕美子に、「お前が本当に俺と一緒に暮してもいいと結論出して、それで父さんたちが反対するなら、お前、全部棄てて俺の所へ来いよな」いや、夕美子というより、あの晩マスカラでぐしょぐしょに頬《ほお》を濡《ぬ》らしていた夕季子に、やっとそんな声を掛けた。

夕美子が小さく肯くのを待って、「私は、反対じゃないけど……」姉は天井を見上げ二階の気配を気にし、それから思い出したように夕季子の写真を拾い集め、「そう言や、夕季子、東京に行く前は二時間も三時間も鏡の前に座って念入りにお洒落《しゃれ》してたねえ」と呟いた。一言でも喋れば、せっかく構治の嘘で築きあげた均衡が破れるというように、三人黙ってお茶を飲み、構治は十分ほどで立ちあがった。

玄関に出ると、いつの間にか香川が階段の下に痩せた肩を怒《いか》らせて立っていた。「また出直します」構治が頭をさげると、香川が手を挙げた。殴られるのかと思ったが、その手は構治の腕を掴むと二階へと引っ張り、小ざっぱりした部屋に構治を座らせ、その前にアルバムを一冊置いた。

「高校の頃から撮したもののうちで、気にいったのを選んで一冊にしました。一度、田原さんみたいな有名なカメラマンに見てもらいたいと思ってました。意見を聞かせて下さい」

構治は、この男もカメラをやっていたことを思い出し、指で頁《ページ》を追いながら、「いいです、立派です」と言った。お世辞ではなかった。技術は稚拙だが、風景や建物を柔らかく包みこむような素朴な視線は、自分などが完全に忘れ去ってしまったものだった。

何頁目かで構治の指は停まった。夕季子の写真が二枚あった。一枚は台所で料理をしており、一枚は子供を抱いてぶらんこに乗っている。何気なく指はその頁を素通りしたが、一瞬構治の胸に突き刺さってきたものがあった。二枚とも夕季子は微笑していたが、その微笑は構治が一度も見たことのないものだった。愛という言葉の大袈裟《おおげさ》さとはおよそ無関係な小さな片隅の平和の中に夕季子は憩《いこ》っていた。そこには特別の美しさもなく、構治の全く知らない角度から平凡なありふれた主婦が、山や木や湖のように自然に捉《とら》えられていた。

その角度が、この男の愛だったのだろう。

構治とはまた別の角度から、香川は香川で生きていた頃の夕季子を、死んだ後の夕季子を愛し続けたのだ。先刻の自分の言葉は嘘ではなかった、香川との暮しは暮しで夕季子には幸福なものだったに違いない。香川はその夕季子の写真をこそ自分に見せたかったのかも知れない。

最後まで丁寧に見てもう一度「立派です」と言うと、香川は恥かしそうに頭をさげた。

そして机の抽出《ひきだ》しの奥から古びた貯金通帳と印鑑をとりだし、「ひょっとして夕季子は田原さんから三十万借りてませんか」と聞いた。構治がもう忘れていた金のことである。夕季子は東京の友達に借りたと言ったが、死後誰も催促してこない、もしかしたらと気にはしていたのだが、という香川に構治は正直に肯いた。もう十年前には返せるだけ貯《た》まっていたと押し出されてきた通帳を、「もうこれは」と構治は押し返した。二、三度、押し出し、押し返しのやりとりがあった後、構治はしっかりと握りしめ、あいつ、とうとう借金のカタにあの赤ん坊を俺に置いていきやがった、そんなことを思いながら、今度はきっぱりと押し返した。

「それなら、結納金《ゆいのうきん》の一部と思ってもらえませんか」

そう言って顔をあげ、構治は夕美子の父親の返答を待った。

あとがき

大学の頃《ころ》、母と二人、田舎駅で次の列車までの待ち時間を潰《つぶ》すために、小さなパチンコ屋に入ったことがあります。二人とも初めてなのに玉は吃驚《びっくり》するほど出て、特に働く姿しか見たことのない母は、いかにも遊びには不向きな節くれだった手をしながら、結構器用に台を操って、受け皿《ざら》から溢《あふ》れだした玉を夢中で追いかけ、拾ってました。農家の出だから、腰を屈《かが》めた恰好《かっこう》は田植えです。そして、何故《なぜ》かは上手《うま》く説明できないけれど、その時、いかつい岩みたいな体を曲げている母の姿に、この人が大正の初めから、戦中、戦後と生き抜いてきたその生涯《しょうがい》の全部が、流れて見えた気がしたのです。ほんの数秒の光景ですが、記憶に一番強く残っている母の姿です。

また――

小学校に入る前後だったか、父が吸っている煙管《きせる》を何気なく覗《のぞ》きこんでいたら、不意にその煙管が目の前にさしだされたことがあります。父は半分病床にいて、家族からも背を向け、極端に無口な人だったから、その時も言葉はなく、ただふり向いた顔で、吸ってみるかといった感じを出しただけです。記憶にある、父の最初の正面の顔です。それが恐《こわ》かったのか、煙草《たばこ》を吸うのが恐かったのか、首を振って逃げた気がしますが、本当はどうだったか。前後の事は忘れたのに、その瞬間の父の顔だけは妙に印象的に憶《おぼ》えているのです。

そしてまた——

ごく最近、知り合いの評論家（名前も書いてしまえば）関口苑生《せきぐちそのお》氏とその妹のような可愛《かわい》い姪《めい》と三人で、荻窪《おぎくぼ》の夜明けの街を歩いたことがあります。秋の少し冷たい雨が降っていて、そんな東京の汚れた雨の似合う叔父さんと、本州南端から出てきて東京には似合わない白さをした姪とは、一つ傘《かさ》を分けあい、ちょっと窮屈そうに無言で歩いていました。一つ傘の下では、兄妹《きょうだい》でさえ男と女に見えてしまうものです。今、この瞬間だけ、二人も男と女に変わっているのではないかと意地悪い空想をしながら、小雨と夜明けと二人の姿が描きだす絵に、僕《ぼく》は短い間見惚《みと》れていたのです。

現実にも、小さな名場面があります。素人《しろうと》の人が、偶然、役者顔負けのいい表情を見せ、いい言葉を語ることがあります。

僕が多少とも関《かか》わり合った人たちのそんな顔や言葉を、撮影や録音ができなかったかわりに、ささやかな物語を借りて、活字にしたいなと思いました。「紅《あか》き唇《くちびる》」のように母の実話めいた話もあれば、「私の叔父さん」のように二人を本名に近い形で登場させながら、前述の荻窪の雨の小景から勝手に創《つく》りあげた、事実無根のドラマもあります。

他《ほか》にも身近な、あるいは二、三度会っただけの人たちが、ほとんど実名で出てきます。

作品中の幾つかの言葉は、現実の耳で僕が聞いたものです。

そういった、僕に小さな名場面や名台詞《めいせりふ》をくれた素人のしたたかな名優さんたちへの、これは、表題通り、僕の〝恋文〟です。

（昭和五十九年四月）

解説

荒井晴彦

モノを書いて生きるなんて、ビョーキだと思っていた。フツウの人間の生き方じゃないと思っていた。オヤジもオフクロも、モノなんか書かずに生きてきた。泣いたり、笑ったり、憎んだり、愛したり、生きるのが嫌《いや》だと思ったこともあったかもしれない。だが、モノは書かなかった。そんな事、考えたこともなかったに違いない。

俺《おれ》は、フツウでもビョーキでもなかった。趣味が読書と映画のタダのヒトであり、大学も出ず、就職もせず、親に小遣いをせびり、女に酒をたかるフツウじゃないヒトだった。世間や他人とのオリアイのつかなさは子供の頃《ころ》からだったし（小学校一年の時、出欠の返事ができなかった）、フツウになるのはもう見込みがなかった。かといって、モノを書く、モノを創《つく》るなんて恐れ多い。ビョーキになるにはフツウすぎるのだ。

三十に近づき、フツウの線で追い込まれ、映画の現場ならなんとかなるかもしれない、助監督というのは表現とかには無縁でただの肉体労働らしい、だったら、表現したいものなんてどこを探しても見つからない俺でもいけるんじゃないか、とピンク映画の世界に潜り込んだ。カントクに言われて、他人の脚本をいじらされてるうちに、これだったら俺でもと助平心が起きてきて、見よう見真似《みまね》で脚本を書き出した。売れなかった。注文通りに何でもかんでも書けなかった。何でもスイスイ書ける奴《やつ》なんてフツウじゃねぇ、あいつら、ビョーキなんじゃねぇかと酒を飲み、しかし、これじゃ俺はビョーキの中のオチコボレなんじゃねぇかとゲェゲェ吐いた。やっと書いたホンはカントクやヤクシャに、よってたかって薄められ、できた映画は水割り、いや、ただの水、ならまだしも、気持ちの悪いカクテルまがい、ひたすら思い屈していた。

そんな頃だったと思う。連城三紀彦という名前に出会ったのは。古本屋の棚《たな》の『暗色コメディ』だったか、「小説現代」の「戻り川心中」だったか。俺はミステリーなんて全くといっていい程読まなかったのに何故《なぜ》読んだのだろう。

著者紹介のせいかもしれない。昭和二十三年一月十一日生まれ、俺よりひとつ下じゃないか、昭和四十七年早稲田大学卒、どっかですれ違ってたかもしれないな、在学中シナリオ研究のためパリ留学、カッコいいな、だけど、どうしてシナリオやめたんだろう、シンパシィとライバル意識を感じた。読んでみて、ライバル意識はすぐふっ飛んだ。トリッキィな語り口で人間のトリッキィな心理を描き、ラストは俺の苦手だった数学の問題が解けたような解放感とそして、そうだったのかという気持の中にじわっと染《し》み込んでくる深い哀《かな》しみ、かなわねぇ。「戻り川心中」を読んだ大正生れのオフクロが言う。大正の感じがよく出てるわねぇ、文章なんか昔の感じするし、私と同じ歳《とし》ぐらい、この連城って人。俺より若いよ。へぇ、エライわねぇ、あんた、書ける？　沈黙。だから、俺はシナリオにしたんじゃないか、シナリオに美文なんかいらないんだ、俺が参ったのはそんなとこじゃない、この小説の中には、ビョーキとフッウの問題が、男と女、〝芸術と実生活〟、書いたモノと世間の評価の問題として描かれていて、切実にガン！　ときたんだよ、多分、こういうことなんだよ、ほんとのビョーキって。才能無い奴がモノ書き出すとこうなるしかないんだよ、でも、この話の主人公の歌人苑田《そのだ》岳葉《がくよう》は自分の詠《よ》んだ歌よりスゴクて哀しい人生を創った、未練たらしくすぐフツウに戻りたがる俺は、岳葉みたいなビョーキにはなれないだろう、だけど、こういうヤツを書いてみたいな、しかし、岳葉というビョーキ人間を創った連城三紀彦ほどのビョーキ人間に、俺はなれるだろうか。

連城三紀彦の名前を雑誌の目次で探すようになった。男と女の心のヒダやアヤをこれでもかとばかりに仕掛けに仕掛けてくるのに唸《うな》らされ、いったい、この人の頭、デキが違うんじゃないか、ひょっとして幾何とか将棋とか碁が強かったりして、近しいものを感じていたけど、俺の勝手な思い込みだったのかもしれないと思ったりした。男と女だけで充分ミステリーなのに、もうひとつミステリーはいらないんじゃないか、映画にする時の事を考え、自己都合でそう思ったりもした。

二冊目の短篇集《たんぺん》『変調二人羽織』が出た年の冬、監督の神代《くましろ》（辰巳《たつみ》）さんから、映画撮らしてくれるっていうんだけど、何かないか、という電話があった。俺は連城三紀彦って知ってますかと言う。神代さんは「新潮」「文學界」「群像」「文藝」「すばる」「世界」しか読まない人だ。俺は単行本三冊と「小説現代臨時増刊号」を持って神代さんの家へ行った。数日して電話を入れると、プロデューサーに『戻り川心中』を渡したよ、ありがとう、という返事。俺が書かせてもらえるとは思っていなかった。プロデューサーから電話があり、監督があいつが持ってきたんだから、あいつに書かせてやってよって言うからと、しぶしぶの感じ。うれしかった。ヤリたいオンナとヤレる。しかし、夢にまで見た女が裸でベッドの中で待っていると思うと胸ドキドキ、足がすくむ。ヘタだったらどうしよう、女は知ってるけど、大正の女は知らない。緊張してたたない。花菖蒲《はなしょうぶ》の季節が過ぎても一行も書けなかった。とにかく、キスだけでもしてみようとベッドに上り、下りた時はもう秋だった。

年が替わって春、初号試写で初めて連城さんと会った。俺は連城さんと飲みたかった。連城さんなら、いや、連城さんしか俺の気持を分ってくれないだろうと思った。機関銃のようにカントク、ヤクシャ、スタッフの悪口を言いまくる俺に、連城さんは僕《ぼく》は満足してますと言いながらもつきあってくれた。酔った俺は、どうしてあなたはシナリオやめたんですか、と訊《き》きたかったことを訊いたのだったろうか。しかし、異常なライターと原作者だった。普通、監督とライターより先に犬と猿《さる》になるのに。いや、俺が見境いもなく初対面（とも思えなかったが）の原作者に甘えただけのハナシで、異常なのは俺だけなんだろうけど。

カントクが倒れ、ヤクシャがパクられ、スポンサーがパクられ、「もどり川」は封切られた。客の入りも批評もさんざんだった。連城モノはアタらんとレッテル貼《は》られるなあ、連城さんに会わす顔ないなあ、もし、企画が出ても、自分の脚本棚に上げて、カントクやヤクシャを罵《ののし》る俺には廻ってこないなあ、畜生、もういい小説なんか書いて欲しくないなあ、涎《よだれ》だけ垂らすの嫌だもんな。本屋で連城さんの名を見ても見ないフリをした。映画界は「南極物語」だった。犬、畜生！　そんな時、二度と、と思っていた神代さんから電話があり、ゲラだったのか、コピーだったのか、見せられた。これ、やるんですか。うん、ちょっと難しいけどな、ま、読んでみてくれよ。「恋文」

だった。ミステリーじゃなかった。トリッキィでもなかった。しかし、骨髄性白血病で死ぬ前にひと目と十年ぶりに訪ねてくる女、その女の最後を看取《みと》りたいと家出し、離婚してくれという男、女を見舞い、夫とその女の結婚式のために、ラブレターよといって離婚届を渡す年上の妻の三角関係はまさにミステリーだった。よし、俺がこのミステリーを解いてやろう、だが、どうやって。俺だったらどうするだろう。昔、捨てた女が、私、あと半歳で死ぬんですといきなり訪ねてきたら。そうか、これはあの『私が捨てた女』なんだ。俺だったらどうする。そして妻のラブレターは最後には勝たなくてはいけない、離婚届という逆ラブレターは。

映画化が決まったが、ライターは俺じゃなかった。「Wの悲劇」という密室殺人モノだ。同じ旅館で神代さんと喰えない頃からのライター仲間高田純が「恋文」を書いていた。「Wの悲劇」は「もどり川」以来のシンドサだった。好きな原作もシンドイし、好きじゃないのもシンドイ。結局、俺はプロじゃないんだ。死刑囚のように締切りの日を思い、酒を飲みフテ寝していた。

作品集『恋文』が本屋に並んでいた。一度ネた女を駅で見かけたという感じだった。向うのプラットフォームで男連れの女。ひまだし、ちょっと向うへ行ってみようか、電車にのっちゃったら、のっちゃったでいいし。眠れないまま白い原稿用紙眺《なが》めてるよりはと「紅き唇」から読み出す。新婚三ヵ月目で子宮外妊娠のため妻を喪くした男が中古車を売りながら自分も中古意識を抱えて生きている。男のところへ死んだ妻の母親がおしかけてきて居座ってしまう。茶碗《ちゃわん》なんか凄《すご》い力で洗うから壊れてしまう六十四の女は、男が再婚の決意もつかずつきあっている女と、嫁姑《よめしゅうと》の争いをする。お婆《ばあ》ちゃんが老人ホームに去ったあと、女は私、ライヴァルだったんじゃないかなと呟《つぶや》く。嫁姑の争いはジッはひとりの男をめぐる女の闘いだというアタリマエを口紅一本でドキッときれいに絵解きしてみせている。作品集『戻り川心中』では、藤《ふじ》、桔梗《ききょう》、桐《きり》、睡蓮《すいれん》、花菖蒲と、咲き、枯れ、散っていく花たちに想《おも》いを込め、花になぞらえるように、愛し、別れ、死んでいく男や女をいつくしむように描いていた。ここで想いを託されるのはパチンコ屋の景品の紅い口紅である。そして、花は謎《なぞ》解きの鍵《かぎ》でもあったが、ここでも、一本の口紅はひとりの老女の心理、想いと行為の謎解きの鍵でもある。

「十三年目の子守歌」は乱暴に言ってしまえば変型「父帰る」である。帰ってきた父が自分が父だと知らなかったという、それを連城さんらしく更にひねって、自分の母親が旅行先から拾ってきた男、自分より若い〝父親〟との奇妙なつきあいを通して描き、父と子という定番的テーマを大変化球で語りながら、最後は父親の形見の動かない庭石というド真ん中のストレートで決めている。

「ピエロ」は美容院を経営する妻と、その借金の返済に退職金をあてるため会社を辞め、一人前の美容師になるという妻の夢に徹底的に尽す髪結いの亭主の別れを描き、優しさは諸刃《もろは》の剣《つるぎ》だと言ってるようにみえる。

ここまで読んできて、連城さん、ミステリーじゃない小説書き始めたみたいだけど、これ、やっぱり、ミステリーだし、犯罪小説じゃないかと思い始めた。昔の女が死ぬからと突然、家を出て行き、あげく結婚式させてやりたいから離婚してくれ、女が死んで、戻ってきてくれというと、首を振り、「わかってた……（中略）勝手なことやってそれで平然と家へ戻ってこれるような卑怯《ひきょう》な男じゃないこと……でも」と女に言わせる男、罪名は思いつかないけど、これ、犯罪だよ。口紅ぐらい買ってくれないかなあってあの子言ってたよと嘘《うそ》をつき、男の好きな色の口紅を選ばせ、自分の手に渡させて老人ホームへ去るお婆ちゃん、これも哀しくずるい。誤解され、殴られても、あんただって父親なんだ、父親ってものは、と言わず、父親ゴッコをやり続ける男。女房が浮気をしてきたというと、俺も二年前から店の子としてたよと嘘をつき家を出ていく亭主。

あとで、アッ！　と解《わか》ったら、どうしたらいいんだよ、泣くしかないじゃないか。悔恨、慚愧《ざんき》、エトセトラ、エトセトラだ。昔、〝若かったあの頃　何も怖くなかったただ貴方《あなた》のやさしさだけが怖かった〟という歌があった。優しさのかけらも持ち合わせのなかった俺は、珍らしいフレーズだと思って酒場でその歌が聞えてくると、そこだけ歌ったものだった。今ならわかる。優しさは未必の故意、犯罪だ。そして、何故か、この小説にでてくる彼らや彼女たちは、昔、よく観《み》たヤクザ映画の登場人物を思わせる。渡世の義理のため人情に目をつぶり、何も言わずに死地へおもむくヒーロー、行かないでと言えず、涙こらえて送り出す、あるいは身を引くヒロイン。彼ら、彼女たちは任侠《にんきょう》映画の男と女をあわせ持ったような人間たちだ。しかし、彼らや彼女たちの行動規範は渡世の義理じゃない。としたらそれは、優しさなのだろうか？

「私の叔父さん」の男は四十代の売れっ子カメラマンである。十九年前、男がまだカメラ担《かつ》ぎの助手の頃、子供の頃から兄妹《きょうだい》みたいにして育ってきた姪《めい》が東京へ一ヵ月遊びにきていた。叔父と姪と男と女の間で揺れることに耐えきれず、もう帰れという男に、姪は帰りたくない、一生、兄ちゃんの傍《そば》で暮らすと言う。男がわざと酒場の女を連れ込むと、姪は兄ちゃん、私が毎晩、下着洗ってるの、何故だと思ってたのよと泣き出す。男は、大人ってのは嘘をつくことじゃなく、つけることだよ。いや、本当のことでも言ってはいけないことなら口にしないことだと言う。姪はくにへ帰り、結婚して、娘を産み、交通事故で死ぬ。十九年後、その娘が男のもとに遊びにきて帰る。

男の姉から、お腹《なか》の子供の父親、あんただって言うじゃないのと電話がある。男は弁明するためくにに帰る。娘は相手が妻子持ちだから、ついおじさんの名前を出してしまった、おじさんなら自分の子供だといって私と結婚してくれるかもしれないって気がした、おじさん、母さん、愛してたし、母さんだって父さん裏切っておじさん愛してた、娘はその証拠があると五枚の写真を持ってくる。姪が借金をしにきた時、男が東京駅で撮った赤ん坊を抱いている写真である。母さんの顔見てよ、唇の形、あ、い、し、て、る、って言ってるわ。(俺はゾクゾクッとした)。娘の父親、死んだ姪の夫が叫ぶ。本当のことを言え、誰の子供なんだ。男は、俺の子供だよと言う。〝十九年前、俺も夕季子も真実《ほんとう》の気持ちを全部嘘にしたのなら、今この嘘を全部真実にしてやる〟あざやかで哀しい決着《おとしまえ》だ。

五枚の写真であ、い、し、て、る、か。唇の形を真似てみたら、涙が出てきた。あの時、俺が逃げなかったら、あの時、俺がずるくなかったら、結果、たいしたことの無かった将来《さき》と天秤《てんびん》にかけなければ、オンナはいつだって本気だったのに、俺はいつもオンナの決意をはぐらかしていた。オトシマエをつける機会も気もなく、ただずるずると「青春」をひきずったまま生きてきた俺は、たまらなくなって明るくなった旅館の部屋で酒を飲み出した。あ、い、し、て、る、と唇を開きながら。

俺は、フツウでもビョーキでもない。ただ、オンナを傷つけ、泣かせてきただけなのかもしれない。俺の方が深く傷つき、いっぱい泣いたと呟きながら。自惚《うぬぼ》れないでよ、あんたのためでなんか、泣いたことないわよ。そうかもしれない、でも……。じゃ、俺は、見も知らない、会ったこともないオンナを泣かせることができるだろうか。もし、できたら、それが俺のオトシマエかもしれない。俺にヒトを泣かす脚本《ホン》が書けるだろうか、ヒトを泣かせるビョーキ人間になれるだろうか。酔った目に白い原稿用紙が眩《まぶ》しい。そうだ、とひらめく。これをやればいいんだ。俺を泣かせた「私の叔父さん」を。

『連城さん、「私の叔父さん」をください』

原作者への、これが、駄目《だめ》なシナリオライターの〝恋文〟です。

（昭和六十二年七月、シナリオライター）

この作品は昭和五十九年五月新潮社より『恋文』として刊行され
六十二年八月新潮文庫より同書名で刊行された。

恋文《こいぶみ》・私《わたし》の叔父《おじ》さん

新潮文庫　れ－1－4

平成二十四年二月一日発行
令和七年七月十五日三刷

著者　連《れん》城《じょう》三《み》紀《き》彦《ひこ》
発行者　佐藤隆信
発行所　株式会社新潮社
郵便番号　一六二―八七一一
東京都新宿区矢来町七一
電話　編集部（〇三）三二六六―五四四〇
読者係（〇三）三二六六―五一一一
https://www.shinchosha.co.jp

価格はカバーに表示してあります。

乱丁・落丁本は、ご面倒ですが小社読者係宛ご送付ください。送料小社負担にてお取替えいたします。

印刷・株式会社光邦　製本・株式会社大進堂

ISBN978-4-10-140520-9 C0193